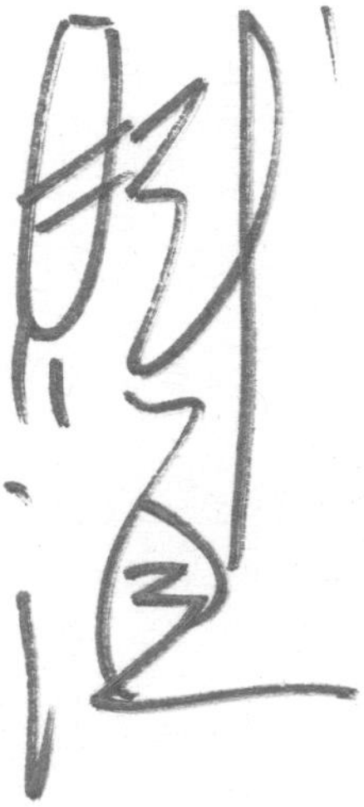

你看到的半夏河，河水永远清澈，倒映着又美丽又忧伤的过往一个少年的时光在这里不停地往前流淌……

申赋渔 著

半夏河

湖南人民出版社

作者简介

申赋渔，作家。著有《匠人》《一个一个人》《中国人的历史：诸神的踪迹》《不哭》《逝者如渡渡》《光阴：中国人的节气》《阿尔萨斯的一年》《愿力》等多部作品。内容涉及历史、宗教、人文、环保等领域。现居巴黎。

目录

引子 004　①广播 008　②草屋 012　③死亡 020

④花生 026　⑤黑纱 036　⑥小照 042　⑦洗澡 048

⑧赌博 058　⑨电影 066　⑩奶奶 074　⑪帽子 080

⑫ 看青 084　⑬ 理想 094　⑭ 出走 102　⑮ 木偶 110　⑯ 猪草 118

⑰ 升旗 126　⑱ 龙灯 138　⑲ 住校 152　⑳ 斗鸡 164　㉑ 补丁 172

㉒ 唱书 180　㉓ 诗人 188　㉔ 落檐 196　㉕ 离家 202　后记 210

引子

引子

我记得故乡的星星。

夏夜炎热，竹床上面架了蚊帐，放在屋外的院子里。竹席子用井水擦得干干净净，冰凉冰凉的。萤火虫从半夏河一直飞到了蚊帐的顶上，长辈们的鬼故事已经讲完了，我们躺在床上，透过蚊帐，可以整夜地看星星。

那时的星星离人很近，人仿佛就置身于它们之间，每一颗星星都触手可及，让人觉得自己像是飘浮在宇宙之中。

数着星星，慢慢就进入了梦乡。

我发现我能飞起来，我可以在不同的星星间游荡。我可以从高远的天空俯看这个地球，我可以降下来，贴着地面飞行。

当我离开故乡，辗转他乡多年之后，我依然常常做这样会飞的梦。我高高地飞在空中，我能看到我过往的一切。我看到我小时候居住的草房子，我站在门口，踮着脚正够着屋檐上的冰凌，半夏河缓缓地从屋旁流过；我看到我蹲在无锡街头，手里拿着一个写着"木工"的小牌子在等待雇主；我看到我被关在珠海看守所的黑房子里，靠着墙角浑身哆嗦；我看到我站在报社总编的办公桌前，他跟我说："收到了给你的恐吓信，你先出去躲一躲吧。"在我的眼前，每一个细节都清清楚楚。我的灵魂自由自在，既不受时间的限制，也不受空间的限制。要飞起来很简单，我只要脚尖轻轻一点，就飞了。先是飞到树梢那么高，再用脚在树枝上一点，就飞得更高了。

在天上飞的时候，身体平平地展开来，脸朝着地面，可以看到地上的房屋、河流和纵横交错的道路。想去哪里，只要身体向那一个方向一倾斜，就飞过去了。想飞得快些，就多用些力气；想慢下来，就放松身体，不使劲。要停了，就把身体直起来，缓缓地，就落在那里了。我很不愿意从这梦里醒过来。每次不得不醒了，醒来很久，心里都空落落的。

可是最近两年，我已经不再做这样的会飞的梦了。也许是离故乡太远了，也许是年岁渐长，锐气消磨了。想一想，心里很难过。飞不起来，就看不到故乡，也许故乡就真正消失在时光中了。飞不起来，就看不到那个跨过半夏河，奔跑在家乡田野里的少年了。

昨天的夜里，我又做了一次梦，虽然没有飞，可是我看到了少年的我。他正朝着现在的我走过来，他一点儿也不知道他将经历什么。他生机勃勃，满怀梦想，对外面的世界充满着渴望。我忽然很想把他和他生活着的那个故乡写下来。

如果写下来，我的故乡就不会消失了。同时，我将真切地看到我是谁，我又怎样成为现在的自己，我活在怎样的一个世界上，我又在一步步走向哪里。

① 广播

因为这个喇叭,我知道外面有个很大的世界。
很热闹,可是我看不到。

广播

我很早就离开了家乡，一去数年，杳无音信。母亲找不到我，就到外村请一个有名的阴阳先生给我算命，看看我是活着还是死了。算命需要"生辰八字"，可是母亲记不得我出生的时辰。这一来，我的命运也就无法测算了。

我的属相是狗。"你是冬天早上的狗。"我还在家的时候，母亲曾安慰我，"狗是守夜的。到早上，就可以歇歇了。"可我到底是早上几点出生的呢？母亲不知道，旁人就更不知道了。这一点很重要。出生得早，狗还得工作，命就是苦的。生得晚一些，命就好一点。母亲努力回忆着，她说："生你的时候，广播里在报新闻。"

当天播了什么新闻，没有人记得。

播新闻的喇叭装在爷爷专门做的一个木头盒子里面，高高地挂在门厅的柱子上。上面接了两根线。一根连在地上，伸到土里，叫地线。另一根从屋檐上穿了出去，是天线。天线把全村的人家都连在了一起，据说一直连到了北京。喇叭每天一大早会自动响，比公鸡还早。先放一段音乐，然后就发各种各样的指令，中间也会有人插进来唱两首歌。该说该唱的说完唱完了，它就自己停掉。我一直觉得这个能发出各种声音的盒子很奇怪，经常盯着它看上半天。到上小学的时候，我嫌它早上吵我睡觉，有一次悄悄拔了地线，喇叭就不响了。当然，很快就被父亲发现了，他找来一把尺子，狠狠地打我的手心。喇叭不响，是一件很严重的事。

广播的天线从我家屋檐穿出去，连到外面的电线杆子上，把一家一家连在了一起。电线杆子一根接着一根，从村里排到村外，一直排到了天尽头。

因为这个喇叭，我知道外面有个很大的世界。很热闹，可是我看不到。我就总问爷爷。爷爷说，广播里说话的是一些很小的人儿，他们住在一个小盒子里。小盒子在电线的另一端，离我们很远。

受到爷爷的启发，我和小伙伴们发明了一种新玩具。我们找来两只空的火柴盒子，用一根长长的棉线连在一起。捉来一只蜜蜂，装在一只盒子里，一个人拿着不动，另一个人拿着剩下的盒子，跑得远远的。等线拉直了，把空盒子贴在耳朵上，听里面的声音。可是听不到蜜蜂嗡嗡的声音，只有绷得直直的棉线，因为微风，或者对方手心不稳，现出轻微的颤动。

连在广播上的天线，让我对外面的世界充满着想象，可是我没办法走得更远。直到十八岁，我才离开申村。从无锡到广州，从珠海到南京，从南京到北京，一路流浪。十八岁的我是一个民工，为了生存，不得不挣扎着一路往前。有好多次我在城里饿得没有饭吃，我就对自己说："死也要死在外面，我不回去。"虽然只要回到家，就可以有吃的，就能活下来。可是我回不去。如果我回去了，人活着，心也死了。

流浪成了惯性，我总想往远处走，走得更远。后来，我辞掉工作，漂到了法国。在法国做什么？我一时也说不清楚。只想在这里漂着，就像离开故乡之后，漫无目的地走在中国的大地上。我寄居在巴黎 Spontini 路上的一个简陋的房屋里，这是我在地球上漂泊的又一个落脚点。每次出门，走不多远，一抬头就看到埃菲尔铁塔。铁塔的顶上，安置了一百多根广播和电视的天线，朝全世界发出纷繁复杂的信息。这个铁塔，从某种意义上来说，又类似于我故乡的有线广播。天线到底伸向了哪里？谁在接收？他们过着怎样的生活？天线描述的是怎样一个世界？我有太多的好奇，我总想走入一个更大的世界。

巴黎纷繁复杂，喧嚣热闹，我穿行于其中，却比任何时候都更怀念那个只有一条有线广播的故乡了。

② 草屋

夏至是夏天第四个节气，特征是"半夏生，木槿荣"，夏天正好过了一半，于是村里村外的人就把这条河叫"半夏河"。

我的家乡在长江下游北岸的平原上。

长江流到苏北高港的时候，拐了一个大弯。从这个弯向东伸出一条小河，沿河长着一排很老的银杏树。随着这银杏树往东，不急不忙地走上二十里，河边突然就出现了一个热闹的小镇。小镇叫新街。小镇的东头，河水又向北流出一条小河。这条小河边上的树就杂了。槐树、柳树、樟树、枫杨、等等，高高低低地长出一条凉凉的林荫道。林荫道旁边是三三两两零落的人家。不时有狗蹿出来，发出几声吠叫，然后就有主人钻出来，朝狗叱一声，回头对你抱歉地笑一笑。沿着这些爬着藤蔓的砖墙，或者开着花儿的篱笆一路往北，等这些人家落在身后了，眼前就出现一大片旷远空阔的田野。

无边的庄稼地中间，突然长出了一大片的树林，像漂着一座绿色的小岛。稍稍走近，就能看到这些树木的中间，盖着一座又一座的草房子。

小河一直流进了村子。刚到村口，突然一折，横在了村前，然后再一折，钻到了村子的深处。弯弯曲曲的河水把小村子分割得错落有致，让许多人家都能够临河而居。村里人图方便，把这河的几段，顺口喊作西河、南沟、东汕河和北河。河水涌进北河，水势渐大，一路浩荡地往东流去，直奔大海。

这条流淌在申村里的河，叫"半夏河"。

叫它"半夏河"，是因为村子西南角河边上的一座土地庙。

每年"夏至"这一天,周围村庄里的人都要过河来祭土地神。夏至是夏天第四个节气,特征是"半夏生,木槿荣",夏天正好过了一半,于是村里村外的人就把这条河叫"半夏河"。看守土地庙的人为了应景,在土地庙的门口栽了木槿,种了"半夏"。

半夏河从南沟往北一拐,变成东汕河,我家就在东汕河的西边。

我离开故乡之后,住过许多不同样的房屋,可是我最怀念的,还是我出生的、我长到十多岁还一直住着的草房子。如果有一天,命运使我不再贫穷,我希望能买到一块地,我将照我记忆里的样子,重新盖一座草房子。我就不流浪了,我会满怀喜悦地在那里度过我的余生。

我家的草房子有三间。其实是一长间,中间砌了两道墙,隔成了三个一般大小的房间。左边是爷爷和奶奶的卧室。卧室里就一张床和一个粮囤。床前面有一个木头的踏板。因为床高,要踩着踏板上去。我每天晚上都会坐在这踏板上听爷爷讲一会儿故事。爷爷坐在床上,披着衣服跟我说话。奶奶坐在另一端的床沿上,就着油灯纳鞋底,偶尔会抬起头来,笑眯眯地看我一眼。

爷爷原本是方圆百里有名的木匠。现在不做了,在家里闲着,要么找老兄弟们聊天,要么陪我们玩。

家里的油灯都是用装过药片的小玻璃瓶做的。用铁皮剪了一个盖子,中间有个小洞,灯捻子就穿在这洞里。等到结出灯花了,灯光暗下来,爷爷就会赶我走,让我去睡觉。

"熄灯了。"爷爷高声说。

听到这声音,母亲就会走进来,牵着我的手出去,轻轻给他们带上房门。然后就会听到"噗"的一声,奶奶吹灭了放在她面前的矮几上的油灯。

客厅里的油灯还是亮着的,放在纺车旁边的一个小板凳上。妈妈在这里纺棉花。有时候半夜醒来,我还听到纺车嗡嗡的声音。

纺车放在客厅靠右的墙边上。左边的墙边放着一张四方的桌子。桌子是榨木的,八个抽屉上雕着倒骑毛驴的张果老、吹着洞箫的韩湘子、拎着竹篮的蓝采和,等等,一共八个仙人,正在过海。几乎家家都有八仙桌,因为这是待客最重要的家具。来客人了,就把这张桌子抬到客厅的中间,先推出最德高望重的人,面朝南,坐在主位上。其他人再依次坐下来,一边快活地说笑着,一边等着厨房里的饭菜。做饭的是奶奶和母亲。有客人的时候,孩子们不能坐到桌子那去,也不能在客人们面前转来转去。那会显得没有家教,馋,被宠坏了。吃饭了,就到厨房里胡乱扒两口,赶紧离家,到外面去玩。

靠最里面的北墙,摆着一张供桌,上面放着祖先的牌位、香炉和蜡烛。墙上贴着一张巨大的毛主席像。毛主席像正对着大门。大门朝南,终日开着。门当然是木门,木门也不开到边,要留一点。有客人来了,看不见主人,就轻轻一推,门轴就会发出吱呀的响声。木匠的手艺越好,这门的吱呀声就越大,越好听。主人远远听到门的声音，就知道有客人来了，远远地高声应道：

"哎！"

像是被人喊了名字一样。

客厅的右边，就是爸妈和我们的卧室了。里面只能面对面放两张床。我几乎没有见过他们在床上睡过。他们总是在我们睡着后才入睡，等我们醒了，他们又早已起床。

我睡得很沉，只有奶奶在厨房门口刮锅时才能把我吵醒。

厨房在这三间大房的东面，是一个小小的屋子。里面砌了一个巨大的灶台，放着两口大锅，竖着一个直直的烟囱。烟囱一直伸出屋顶。

每天早上，奶奶都要把前一天烧得黑黑的铁锅拿到外面的地上，反扣着，用铲子刮去锅底的烟灰。不刮，这一天就会费过多的柴火。锅灰刮过了，拎起来，地上就留下一个黑黑的圆圈。这时候，要在这圆圈里画一个十字。如果不画，说不定哪天夜里，锅就会被小鬼偷走，去罩在某个夜行人的头上。被罩的人，就是遇到了"鬼打墙"，会找不到回家的路。

草房子的屋顶盖着麦秸。麦秸层层叠叠，顺着"人"字形的屋顶，斜斜地铺着，雨打在上面，一滑，顺着屋檐就淌下去了。如果有一些雨渗下去了，也没关系，渗不远，渗不透，太阳出来了，一照，屋顶上就会弥漫起水雾。水雾散了，屋顶又干了。最要当心的是猫，有时候猫会跑到屋顶上去打架，把屋草就弄乱了，要拿长长的竹竿赶它们走。

一到夏至,麦子收过了,麦秸晒得脆脆的,家家户户请了人,攀到屋顶上,扔下黄黑了的去年的草,换上新鲜的。有很长一段时间,每天夜里,我们就在麦秸的清香里甜甜地睡去。

墙是土墙。用两块木板,夹着泥土,一层层夯实了。土墙夯好了,结实得很。不管风吹雨打,多少年都不要换。许多野蜂在墙上钻了洞,做成了自己的窝。我一手拿一个小玻璃瓶,一手用一根小草去洞里掏它们,看它要出来了,立即把瓶口对着洞口,野蜂就会钻到瓶子里。我在瓶子里早放了采来的花,希望这蜜蜂会在里面酿蜜。奶奶看到了,就会慌张地说:"小乖乖,快放掉。把它弄死了,嘴角会长疮。"我一面嘴里说,我才不怕呢,一面赶紧放掉。

我不知道是真会长疮呢,还是奶奶在骗我。不过我的嘴角是刚刚长过疮的。奶奶陪我到铁匠家,剪了他家山羊的一撮胡子,回家烧成灰,用豆油调成糊糊,涂了好几天才好。

因为是土墙,不能太高。所以,草房子都是矮矮的。进出大门的时候,大人们都要低一下头,像是朝门神行礼。大门上贴着尉迟恭和秦叔宝的画像。一人拿铁鞭一人拿铜锏,瞪着眼睛,看每个从这里进出的人或者晃荡的幽灵。对于门神,没有过多的礼遇,只在过年的时候,把旧的撕掉,换上新的。门神就显得更加精神。或许,这算是给他们换新衣吧。

大门外是一棵粗大的柿子树,枝叶繁茂,几乎盖住了半个院子。树不高,我轻易就能爬上去。有时候连吃饭都是坐在树桠上。柿树结的柿子太多,到该摘的时候,要赶紧摘下来,左邻右舍,一家家送过去。如果等上几天,就全被鸟儿们吃光了。不过不要全摘了,要留一些给鸟儿们。特别是喜鹊,最喜欢柿子了。如果你全摘了,喜鹊们不高兴,兴许就不来你家了,树上就会长虫子。村子里几乎所有的果树,都要留些果子给鸟儿们的。如果哪家摘得光光的了,走过的人就会指指点点,说这家人"独"。这个字的意思很多,有"吃独食"的意思,也有主动与这世界隔绝的意思。

柿子从树上摘下来,并不能立即吃。这时候吃了,嘴里又苦又涩,舌头像是变厚了,缩不回去。柿子要放在竹匾里,用炉灶里柴火的灰盖起来,过两天,等它红透了,再拿出来。把表面薄薄的皮轻轻一揭,里面就会露出蜜一样的肉来。

柿树在西边。桃树在东边。春天的时候会开一树的花,花很好看。结的桃子不大,上面长了一层细细的绒毛。我们喊它毛桃。吃的时候,要认真洗。桃子虽然不太甜,甚至还有些青涩,可是咬一口,又爽又脆,嚼着很快活。摘毛桃的时候要分外当心,叶子上总藏着一种叫"洋辣子"的毛毛虫。这是一种可怕的带刺的毛虫,被它碰到了,手上立即就会肿起一条红痕,又疼又痒。这时候要用马齿苋的汁来涂。

马齿苋、半边莲、薄荷，等等，就在树的旁边。院子里的树很多，有杏树、李树、皂荚树、枣子树，等等，被一大圈的竹篱笆围着。目的是不让外面闲逛的鸡啊鸭啊跑进来。院子很大，因为里面还长着各种蔬菜，所以篱笆就很长，上面爬着丝瓜、扁豆、豇豆，像是一道深浅不一、色彩斑驳的墙。

老银杏树太大了，只好留在篱笆墙的外面。银杏树底下是一条小路，卖豆腐的、卖麦芽糖的、卖鱼的来了，就歇在这银杏树的底下。一声吆喝，声音响得很，半个村子都能听到。左邻右舍就从各自的家中走过来：

"来条一斤多的吧。"

"好嘞。来什么客了？"卖鱼的问。

"小孩他三姑爹来了。"

"稀客，稀客。"

小路弯弯曲曲地伸出去，把邻居们一家家连在了一起。沿着小路弯曲的，就是半夏河。小河同小路出了村就分开了。河往大江大海里流，两旁长着野花的那条小路呢，伸向了另一个村庄。

过了十多年，我在南京的《周末》报社找到一份稳定的工作，再回来，我一直想着的那个故乡已经没有了。半夏河干了，窄了，断了。小路也不见了，变成了直直的、一棵杂草也没有了的水泥路。院子没有了，草房子没有了，邻居们也不见了，只剩下一棵又病又老的银杏树。

③ 死亡

过了好多年我才明白,他们其实是在用粗糙对抗着残酷的现实。

五岁的时候,我突然死了。

这是我最早的记忆。我死在一座破旧的水泥大桥的栏杆旁边,一动不动。

我不是第一个这样死去的。我的姐姐,我父亲的小哥哥,都和我一样,好好的,突然就倒下来,手握得紧紧的,轻微地一阵抖动,就死了。我的母亲说我的姐姐长得很美,睫毛长长的,总爱笑,性格可好了,从来不调皮。在说到这个只长到一岁的姐姐的时候,母亲的眼睛里总是噙着眼泪,让我不忍看她。对她来说,有个女儿,才是最好的。她年纪越大,心里就越想念她的这个早就不在的女儿。而她的想念,也增添了我的想念。我多希望我有这样一个姐姐啊。如果这个姐姐还在,也许,我的童年就不一样了,我的人生也就不一样了。我觉得我在茫茫人世间这许多年,仍然在找我的姐姐。我是如此地想念她,甚至,已经比我的母亲还想她。

我的父亲偶尔还会说起我的小伯父——他的小哥哥,那个永远长不大的、八岁的小哥哥。他说他是最聪明的哥哥,比我们全家所有的人都聪明。他在说起这个小哥哥的时候,表情忽然就没有那么僵硬了。他说这个小哥哥会照顾他,会跟他玩,甚至会从别人那里骗来好吃的,自己不吃,给他吃。才是一个八岁的小哥哥啊。然而这个小哥哥,突然就死了。

现在,我也死了。

我跟着我的奶奶去大姑妈家,奶奶一只手牵着我,另外的手臂上挎着一个花布的包裹。

我人生中记得的第一个画面是一座残破的水泥桥，长长地跨在一条大河上。我说："奶奶，我累了，我走不动了。"

奶奶把包裹放在桥上，让我坐在上面。

我用手扶着水泥的栏杆，看着河上的船。船很多，一些挂着白帆，另一些发出"笃笃笃"的机器的声音。那声音慢慢就远了，听不到了。我死了。

四十年过去了，想到我的死，让奶奶焦急、惊惶、手足无措，我就难过。几年之后，我的奶奶就去世了，真正地死了，再也回不来了。她只陪了我人生最初的几年，可我愿意用我所有的一切来换回我的奶奶，哪怕让她再陪我一天。是她给我的温暖，让我撑过了这人世间所有的冰冷。此刻，当我在键盘上敲下"奶奶"这两个字的时候，我的眼睛里满是泪水。

我死在奶奶的怀里。奶奶一双小脚，她背不动我。不知道她用什么方法找来住在附近的、我的小舅舅。小舅舅背着我，疯狂地往申村跑。奶奶让他去找方圆几十里内唯一的医生，荷先生。

我死在桥上，死在奶奶的臂弯里，死在舅舅的背上。从河上的白帆离开我之后，我便一无所知了。然后，一阵剧痛，我哭出来。我睁开眼，发现我的手上插满了银针，我更大声地哭着。我哭着，抬起头来，就看到了荷先生一张温和的笑脸。他一根一根，从我的手上拔掉银针。我一边哭着，声音小下去，一边用眼睛盯着他的手指。他的手指纤长，食指和中指因为抽烟的缘故，微微有些发黄。等他的手停住，疼痛立即消失了。

我永远记得这一幕，记得荷先生救了我的命。后来我每次见到他，都跟他打招呼，从来不跟他顽皮。因为喜欢他，我喜欢上了他的药草园。他的药草园在我上学的路上，在学校的旁边。我每天都去。看药草开的花，看他晒在草屋外面的一匾匾的草药，看他用纤长的手指，给人搭脉，看他用毛笔，在顽童肿胀的脸上画一个墨团团。

荷先生不是申村的，不知道从哪里来，后来，也不知道去了哪里。在我长大了之后，突然有一天，他就不在了。我已经长大了，就慢慢淡忘了他的救命之事，甚至都没在意他是哪天不在的。他不在了之后，也没有去向任何人打听。我忘了他。直到几十年后的今天，才又想起他。大人和孩子的情感是不一样的。大人更容易健忘。

最初的死亡是个什么样子呢？什么都没有，就像无梦的睡眠，空空的。那时间就像丢失了。被谁从生命中，用剪刀一剪，拿走了。有很长时间，我都在跟别人说，死是什么呢？就是什么都没有了。既没有灵魂，也没有地狱。现在想来，也许，我是死得太短了，什么都没来得及看到、没来得及经历。

小舅舅把我背回家。家里一个人也没有。奶奶还没有回来，爸爸妈妈也不在。他们是后来知道的，知道了，也没有问过我什么。他们认为我只是一个孩子，什么都不懂。他们不知道，就从这一天起，我什么都记得了。不过，他们即便知道，也无所谓。即便在我长大了之后，他们也从来不跟我谈心。他们只是交代我，命令我，教训我。在我的家庭里，从来没有温情脉脉。我从来不记得被父亲或者母亲抱过。即使在我死过了的这一天，他们回来了，也没有抱我。他们问过了情况，问我的小舅舅，问随后回到家的奶奶。父亲只用手摸了摸我的额头，看是不是发烧。我扭过头，躲开他的手。他不再看我，从舅舅手里拿了荷先生开的药单，凑到油灯底下去看。

四十年后，有一天，我和父亲坐在南京家里的客厅里闲话。他已经老了，搬来南京和我住在了一起。我忽然想起了这件事，我就问他，那药单上写了什么，他随口说道：

"有四味药，黄芩、当归、双钩藤、甘草。"

母亲找了两块砖头，侧立了，上面放了陶盆，点燃了麦秸，给我熬药。药喝过了，药渣要倒在人来人往的十字路口。是我陪着母亲去倒的。这个做法据说是让过往的行人，看看这药方是否合适。有种监督医生的意思。事实上，能看出药性的，只有荷先生。另外还有一个说法，是希望经过路人的践踏，能够消除病灾。在此后的许多年里，只要走在故乡，我不时能看到路边的药渣。

这天晚上，奶奶给我熬了米粥，米粥里加了红糖。

奶奶一定要喂我。其实她比我的精神更加萎靡。她抱着我，用汤匙一口一口地喂我，眼睛里噙着泪。

米粥是软的，甜的。奶奶的身上有着一种从锅灶旁带来的柴火的香味，暖暖的。这暖暖的感觉，成了我最早的记忆之一。后来，独自一个人的时候，我就会想到锅灶里的火苗，一闪一闪地照在奶奶的脸上。奶奶好像永远坐在那里烧饭。要找奶奶了，我就到厨房，到锅灶旁边。奶奶回过头来，一脸慈爱的笑，牙全掉了，瘪着嘴。然后，从锅灶里，用烧火棍拨出一只烤得红红的山芋，随手从身旁捡起一片干枯了的竹叶子，包起来，递给我。

是针扎的痛苦，使我从死亡中醒来。而醒来后的那一晚，我又过多地得到了人世间的温暖——奶奶爱怜的眼神，和一匙匙融着红糖的米粥。

过了四十年，我还记得这个细节，并不是因为死亡的冰冷与这个温暖形成了对照与反差，而是在我记事时得到的这个关怀，是我整个乡间生活中难得的温情。那是一个粗糙的情感世界。甚至粗糙，已经成为人与人之间最恰当的相处方式。没有温柔的语言，没有拥抱与亲吻，没有体贴的嘘寒问暖，没有依依不舍的漫长告别——过了好多年我才明白，他们其实是在用粗糙对抗着残酷的现实。

④ 花生

用尿浸泡花生,不只是要让它带有恶心的味道,更是附加一种强烈的侮辱。

半夏河的水已经涨满了,小队长站在河边上,大声地喊着:"上工啰——"喊声从雨里穿过去,钻进每户人家。

小村的寂静常常被这样巨大的声音打破。村子里人人都有这样的大嗓门。老远见到了,他们就会高声招呼。隔着一大块田地,也能快活地说笑。一家来客人了,只要进了村,就听到一路大声的问候。孩子们更是早早就狂奔着跑过去报信。在这无遮无拦的声音里,村子里没有任何秘密。加上鸡鸣狗吠,整个村子从早到晚都热热闹闹。直到天黑了,才静下来。

1958年,我们这个热闹的村子并入了"人民公社"。所有的土地归了集体,所有的人也归了集体。每天做什么,都听小队长的吩咐。小队长原先是裁缝。"公社化"了,没有人做新衣了,裁缝就当了生产队的小队长。小队长很少笑了,整天黑着一张脸,做出威严的样子。因为日日的呼喊,他的声音不只响亮,又有了非同一般的穿透力。现在,他招呼上工只需喊一声,长长的一声。

这是1976年的春夏之交,雨已经连着下了好多天。小队长的呼喊刚一停歇,雨雾濛濛的村子里就传来"踢踏""踢踏"的木屐声,男男女女撑着黄色的油纸伞朝生产队的仓库走过来。仓库的前面是晒场,晒场的前面是猪舍,猪舍的前面是半夏河。

最先到仓库的却是孩子们。他们身上披着塑料雨披,光着脚,踩着一个又一个小水洼,像骑着一匹匹小马,飞一般地奔跑着,要让雨披在身上飞起来。他们喜欢下雨。

雨天是没法下地干农活的,可是也不能闲着,小队长召集大家到仓库里剥花生。花生收下来的时候,装了好几个大囤子,可是大部分要交公粮。刚刚晒干,就送去了公社的粮站。只留一点点,在过年之前,分给各家各户。家家在大年三十的时候炒熟了,装在盘子里,在大年里端出来待客。雨天来仓库里剥的,是特意留下的花生种。过几天,就要种到地里了。

小队长用秤称好斤两,分给每个人。花生倒在筛子里。剥花生是轻松的活计,大家可以快活地说笑。剥下的花生米就留在筛子里,花生壳呢,投进地上的口袋。等完全剥好了,再称一称花生米,缴回去。斤花生能剥多重的花生米,小队长是有数的,谁也不敢偷。花生壳可以带回家。壳子是很有用的,冬天火盆的取暖,全靠它了。

整个小队的人都来了,混杂在一起。说着,笑着,开着荤荤素素的玩笑。有的老人渐渐听不下去了,就咳一声:"小伢儿都在边上呢。"

孩子们根本就不在意大人们在说什么,他们有自己玩的。

他们在仓库里的柱子和粮囤之间捉迷藏,或者不为什么,就是疯跑。雨哗哗地下着,门口的水像河一样在淌。调皮的男孩子会把手伸出来接水,然后洒在别人的头上。女孩子们用纸叠着小船,一只一只放到外面,让水把它们带走。比赛谁的不翻掉,谁的跑得远。有人捡了小石子,朝航行的小船扔着,想把它们砸翻。小船的主人惊惶地伸开双臂,挡着、推搡着,大家闹成一团。我侧着身子,把脚伸到大门的外面,向水里一跺,溅起高高的水花,又立即缩回来。正玩得高兴,小队长忽然骂了起来,用手指着我:

"饿死鬼转世啊?从小这么馋,手脚不老实,长大了还不做强盗!"

我才六岁,完全不知道发生了什么,回过头惊恐地看着他。

"怎么了?"母亲放下手里的筛子跑过来。

"怎么了?你看不到他嘴里在吃啊?偷花生米吃,还怎么了?"小队长用他的大嗓门嚷道。

仓库里的人都静下来,只听到手剥花生的声音。

"队长,我家大鱼儿是不会偷花生吃的。"

"不会偷?你看,他嘴里还在动呢。当我是瞎子啊。"队长瞪着眼睛,朝母亲吼。

母亲走到我旁边,蹲下来,轻声跟我说:"你把嘴里的东西吐出来。"她掌心朝上,伸到我的嘴边。

我吐了出来,是一枚一分钱的硬币。

"不要把钱含在嘴里,脏,"母亲说,"去玩吧。"

母亲没有看小队长,又回到她的位置上继续剥花生。我一时还不敢动,抬头看看小队长,小队长脸色阴沉着,突然朝另一个孩子喊道:"作死啊。"那个孩子正往一个粮囤子的顶上爬。

小队长去撑那个孩子下来,孩子的妈妈也大声喊着。仓库里又喧哗起来。我忘了玩,就站在门的旁边,一直看着四处跑来跑去的小队长。小队长一眼也不看我。

母亲喊我:"大鱼儿,你回家去。回家跟弟弟玩。"

母亲把透明的雨披罩在我的身上,外面的雨还在哗哗地下。我跑出仓库的门,沿着半夏河往家跑去。小河的水已经漫到路上了,我踩在路边青草的上面。草刚被羊啃过了,断了的草叶口子,发出青涩的味道,踩在脚下,有点刺脚,痒痒的,让你停不下来。

雨终于停了,屋檐上还在滴滴答答滴着水。母亲回来了。她刚把鼓鼓囊囊的袋子放下,弟弟就迫不及待地扒翻了,摊在地上,在一堆花生壳里翻找着。

以往的时候,我们总能从里面找到一小把的花生米,那是母亲故意放的。可是这个晚上,我们找了一遍又一遍,就找到几粒。弟弟才三岁,虽然都给了他,他还是大哭起来。他嫌少。

很快就立夏了。天一放晴,就要种花生。种花生是妇女们的活儿。所有的妈妈都来到仓库前面的晒场上,人人腰间系一个围兜,排着队,到小队长那里去领花生种子。孩子们也跟着妈妈们来玩,在晒场上乱跑。

小队长的面前放着两个大木桶,剥好的花生米就放在这木桶里面。花生米早已被尿泡过,泡过了,人就没法偷吃了。用尿浸泡花生,不只是要让它带有恶心的味道，更是附加一种强烈的侮辱。妈妈们走过来，解开小围兜，小队长用瓢舀了尿味刺鼻的花生米，放进她们的围兜。

妈妈们依然在说说笑笑，包了满满一围兜的花生米，朝广阔的田野里走去。种花生是很累的，要一直弯着腰，一只手拿小铁锹挖开土，另一只手捏两粒花生米放进去，再把土盖上。一个小坑接着一个小坑地往前，直到种满这片空阔的田地。开始的时候，妈妈们还是在一条齐齐的线上，不久，这线就断了、乱了，就各自为战了。小队长在田埂上跑来跑去，指挥着，要这个密一点，要那个疏一点。然而他洪亮的喊声，也是越来越远了。

因为是立夏日，孩子们都聚在晒场上"斗蛋"。谁家也舍不得煮真正的鸡蛋让孩子们拿出来玩，我们斗的，其实是蛋壳。因为立夏有"斗蛋"的风俗，大人们在打鸡蛋的时候，就特意不完全砸碎，只是在一头开一个小口，等蛋清蛋黄完全流出了，把看上去还完整的蛋壳留给孩子们玩去。我们就拿蛋壳彼此撞来撞去。虽然本来就是早已破了的蛋壳，可是再次被撞碎的人还是一脸沮丧，赢了的，一样得意扬扬。

看守猪舍的篾匠爷爷，在晒场边上的大桑树上挂上了一杆大秤。只有立夏这天他才会陪孩子们玩。一个接着一个的孩子，排着队过去，双手吊在秤钩上，两只脚缩起来，离开地面，等篾匠爷爷报出斤两了，松开手，快活地跑掉。其实没有人在意自己多轻多重。只不过既然是立夏了，都要来称一称。

妈妈们都变成田野里的一个个小点了。孩子们不着急，他们就在晒场上玩。他们在这里等太阳落山，等妈妈下工。

小队长在分发种子的时候，知道每个人该发多少，什么时候可以收工。当他站在田中央，大喊"放工啦"，这时候，所有人围兜里的花生米，都已种进了泥土。她们纷纷直起了腰，背对着夕阳，往村口走来。

"放工啦——"，这声音一响，孩子们立即停止了玩耍，他们站在晒场上，四处张望着，看自己的妈妈在哪个方向。等认清了，就一个个朝她们跑过去。跑到她们的身边了，就像撒欢的小狗，扯她们的袖子，拉她们的手，围着她们直转圈圈。

我也跑到了妈妈的旁边。妈妈的围兜还系在腰间，我就牵着这围兜。妈妈俯下身子，嘴对着我的耳朵，悄悄地跟我说："在太爷爷坟旁边的沟沿上。"

太爷爷是我爷爷的父亲，家里还供着他的牌位。他的坟离村子很远，孤零零地立在一条小沟的边上。每年的清明节，爷爷都带我到坟前面给他磕头。磕过头了，爷爷就用铁锹除去上面的杂草，从沟里挖了土，把这个坟重新覆盖一遍，这叫添坟。如果不添，时间长了，泥土就会流失，坟就湮没了，那将是极大的不孝。添完坟，还要挖一块圆锥形的土，尖端朝下，放在坟的最上面，说是坟的帽子。之后，在坟前面用土垒一个小小的台子，在上面摆上鱼肉米饭,爷爷一边烧纸钱,一边说:"老爹,来吃啊,来拿钱啊。"然后又让我磕个头,我们就可以回家了。

妈妈们都进了村子,孩子们在村口打闹着。太阳还有最后一点余晖。孩子们追着、跑着,所有孩子都已经得到了妈妈们的暗示,他们等小队长回家了,不见了,才循着这暗示,慢慢地,在夜色完全到来之前,消散在了村外广阔的田地里。

我朝太爷爷的坟跑过去。因为清明过去不久,太爷爷的坟还是新的。走到坟的旁边,我突然觉得一阵害怕。我一下子就找到了妈妈留在沟边上的那把花生,一粒粒捡起来,放进裤子的口袋,转过身,拼命往家跑。

弟弟看到了花生米,高兴得直跳。妈妈从井里打了一桶水,把花生米泡在水里。弟弟一会儿来看一下,一会儿来看一下。吃过晚饭了,弟弟不肯睡,要吃花生。妈妈捞出来几粒,闻一闻,点点头说:"没味道了。"弟弟一把抓过去,一捂,就全进了嘴里。

妈妈又递了几粒给我。我拿了一粒放在嘴里,一嚼,不仅不甜,还有一股怪味。我立即吐了出来。

"妈妈,我不吃。我头疼。"我说。

奶奶也跑过来。奶奶用手摸摸我的额头:"会不会撞到什么了?大鱼的妈,'站碗'看看呢。"

妈妈就端了一碗清水,拿来一双筷子。她把筷子竖着立在水碗里,嘴里喊着亡人的名字,喊一个,松开手。

筷子如果站住了，不倒了，就是这个人惹我了。这时候，要给他上一炷香，烧几张纸钱，跟他说："不要跟伢儿搭话啊。"跟我搭话的，是一个我从没听说过的邻居家的爷爷。

头疼第二天就好了。可是之后有好些年，我都不能吃花生。每次剥开壳子，闻一闻，我就觉得头疼，就不想吃。

⑤ 黑纱

想看清自己，想看清我们这个时代，也许，要离它足够远。就像看一座山，你要走到山之外，你要站到另一座大山的顶上。

我已经写过一次死亡,那是假的。五岁的我没有死掉。家里人说"差点死掉",我于是开始留意一切关于死亡的事。也是在那之后不久,我听到我姐姐的事。姐姐就这样死了。姐姐的身子还是热的,爷爷就喊,没气了,放地上吧。姐姐就被从床上放到了泥地上。这是出于什么风俗,我不知道。生命就是这样轻贱。除了妈妈后来偷偷哭了几场,除了妈妈不经意的时候跟我说过这个姐姐,我再没听任何人提起她。这个才一岁的小姐姐,在我没有出生的时候,就这样消失了。

　　真正感受到死亡的沉重的,是在我六岁的时候。这个记忆我已经印象不深了,我花了很多力气,才完整地回忆出来。因为这个环节对于中国是重要的。不写,我想要叙述的历史就是断的,就连不起来。

　　在我品尝到附着于花生之上的那个屈辱后不久,我就上学了。第一个提出来让我上学的,是一个叫"樊部长"的人。他是从县里下来的。据说他原是县里的高官,不知道犯了什么事,被贬到乡里,接着,又被打发来了申村指导农业生产。他一个人住在村中间的仓库里,破旧的、空空如也的仓库。他是个高大挺拔的中年人,面相严肃,我从来没见他笑过。不过村里人对他倒是十分的尊重,人人喊他"樊部长",并且常常会请他来家里吃饭。我家就请过两回。请客总要烧两个菜,可是菜太少了,我从来没有沾到他的光,吃到一口。可是他还是跟我的父亲说:"这个皮孩子,该送去上学了。"父亲便送我上学去。

我天生厌恶学校。之前我去过两次，老师总让我们一动不动地坐着，要我们守规矩。然而这一次，奶奶也不帮我了。她让爷爷给我做一个板凳和一张课桌。课桌做得好，还在桌腿上刻了我的名字。过了夏天，他们就扛着桌子，抱着板凳，带我去申村的小学。我认为这一切都是樊部长造成的，我讨厌他。

即便是在小学一年级的时候，我也常常逃课，跑到半夏河北端的一棵大柳树底下玩。有时候也爬到树上去，坐在树丫里，晃着两只脚。在柳树的更高处，有一个巨大的喜鹊窝。我常常望着它发呆，羡慕得不得了。我一心也想在树上有个自己的窝。我希望有一天，我能像喜鹊一样住在树顶上。

有一天，我又溜出来，去看柳树上的喜鹊。远远地，看到樊部长站在河边的树底下。我第一个念头就是拔腿就跑，可是又觉得樊部长的样子很奇怪。

高大的樊部长一只手扶住树，一只手捂着脸，他在哭。四周没有人，河里的鸭子缓缓地漂着，也没有叫嚷。我听到他低低的哭声。我从来没见到一个大人哭。我悄悄地从他旁边走过，看到他满脸都是眼泪。他根本没在意我，可我不敢停留，赶紧从他的旁边走过去，走得很远了，回头再看他，他还在那里哭。

回到家，我跟奶奶说："樊部长在哭。"

奶奶说："不要瞎说，樊部长又不是小伢儿，他哭什么。"

"他一个人躲在河边大柳树的底下哭。"

奶奶也有些疑惑起来:"八成又碰到什么难处了,明天让你爸喊他来我们家吃顿饭。他一个人,孤身在外的。"

当天下午,家家都分到黑纱的臂套。每人一只。然后就听说,毛主席死了。

巨大的毛主席像,四周围了一圈黑纱,挂在一棵大树上。大树长在村中央的一个大竹园里。这个竹园,是我们一年级小孩子的教室。我们没有教室。我们的教室原本是一个老奶奶的家,可是屋顶塌了,还没有修好。很长时间了,我们就在竹园里上课。全村人扶老携幼,沉默地从四面走过来。来到原本只有我们的大课堂上。我双手捧着我的小板凳,跟在奶奶的后面。

到了竹园里,大喇叭里放着让人要哭的哀乐。人们先是低着头站着,我也站着,一只手牵着奶奶。因为太静了,大气也不敢出。三鞠躬之后,大家坐下来,听樊部长讲话。讲什么不知道。然后,又默默地回家。那几天,村子里静极了。即便有人说话,也是低低的,急促的,赶紧说完。人人表情沉重。

追悼会开完之后,我们继续在那里上课。老师把小黑板挂在一棵小树上,教我们"a""o""e"。一到下课,所有人都疯了。有人双手攀着竹子翻跟头。有人折了竹枝互相打仗。有人双腿盘着竹竿往上爬,到了高处了,竹子弯下来,像鸟儿一样落到地上。然而那棵刚刚挂过毛主席像、大家朝着鞠躬的大树,再也没有人过去了。经过那里了，都要绕过去。大家才是六七岁，并不明白毛主席是谁，只是因为，有一个人那么隆重地死了，就死在那里，大家的心里，有些敬畏，还有些害怕。死很重，重得让人透不过气来。死是黑色的，从黑纱到所有人的表情，黑得让人不敢看。死又是神圣的，在死亡面前，你只能哭泣，你不能笑，也不能说话。

1996年夏天，我从南京大学的作家班毕业，一时找不到工作，就漂到北京，游走在中关村附近，兜售一种"杀毒软件"。有一天我去天安门广场上闲逛，看到毛主席纪念堂旁边有许多人在排着队，我也排了进去。

毛主席静静地躺着，一面巨大的旗子盖在他的身上。人们蹑手蹑脚地从他的旁边走过，一点声音也没有。他像是睡着了，可是脸色苍白得可怕。我只看了一眼，就随着人流出来了。虽然是夏天，里面冷得很，出了门之后，手心还是冰凉的。儿时沉重的记忆，又压得我喘不过气来。我害怕的不是庄严，而是永恒的死亡。

1976年，毛泽东去世。然后，另一个时代开始了。在这个时代里，我从一个快活的孩童，长成了落魄的青年，而后，又变成了现在这个忧愁忧思的中年人。岁月还是时代？什么样一个雕塑家，把我变成了今天这个模样？想看清自己，想看清我们这个时代，也许，要离它足够远。就像看一座山，你要走到山之外，你要站到另一座大山的顶上。

⑥ 小照

"吸血"只是他的一种表达。他其实想说的，是照了相了，生命里的某种东西，就会失落在其中。

小照

我模糊记得我小时候的样子：愣头愣脑，眼睛里满是惊诧——我六岁时拍过一次照片，照片放在一面镜子的后面，多少年前就霉掉了。

从我家往东北，过了半夏河三公里，是我舅舅的家，叫俞庄。从俞庄往东三公里，是高庄。高庄是一个大镇，镇上有澡堂，有照相馆，有医院，还有一个小书店。在我们摘掉给毛主席戴的黑纱之后，妈妈第一次带我和弟弟去照相。爷爷从来不让我们照相，他自己也不肯。他说："拍小照吸人血哩。"在他去世之后，只能从身份证上翻拍一张做他的遗像。他只拍过这一张照。

进高庄镇，要经过一座石头的大桥。从桥上看过去，两边的河岸上泊着一条接一条的乌篷船，并排连在一起。一群光着屁股的孩子，吵闹着，从这条船跳到那条船。有条船上的收音机里吼一般地唱着京剧，一个晒得黑黑的女人，卷着裤腿，蹲在船沿上洗菜。妈妈笑着跟我说，你不是问我你是从哪里来的吗？你是从船上抱过来的。你的妈妈呀，就像那个洗菜的。

我紧紧盯着那个洗菜的女人，她突然抬起头来，露出白白的牙齿，朝我笑着。我掉头就跑。妈妈一边喊，一边牵着弟弟跟在后面追。

原本欢天喜地的拍照，我变得漫不经心。无论他们怎么逗我，我的脸上也没法露出笑容。他们都以为我是害怕闪光的照相机，事实上我是在想我到底出生在哪条船上。我不敢详细地问妈妈，我怕她会把我送回那群光屁股孩子的中间。我的心里有着一种莫名其妙的不安，我既想见见我那个船上的妈妈，又怕她终于有一天会上到岸上，来把我要回去。

照片拿回来了。我和弟弟站在妈妈的前面，我一手抓着弟弟的手，一手抓着妈妈的衣服，两眼惊恐地望着前方。妈妈微笑着，两条乌黑的长辫子从她的肩上垂下来，一直挂到腰间。她靠在九曲桥的栏杆上，桥下开着一池的荷花。这个桥、湖水和荷花是照相馆里的背景，画在一张大纸上。即使摆好姿势，拍出来了，也看得出是假的。妈妈把照片压在她每天照的镜子的背面，我几乎不去看它。只要看到它，我就会想到我那个渔船上的黑黑的妈妈。

也是从这天起，我有了要离开这个家的想法。当他们再因为某件事责骂我的时候，我就想，我反正不是你们家的，我要回到渔船上去。

当母亲跟我说我是生在渔船上的那一刻起，一个我已经留在了那些船上。跟着她回家的，是另一个我。从这之后，我常常跑到土地庙的旁边，坐在半夏河边上，望着河水发呆。河上从来没有摇过来一条船。

弟弟总说我是从渔船上抱回来的，他一说，我就生气。他太小了，我不能打他，就威吓他。我的举动终于被奶奶发现了。爷爷愤愤地骂道："我说不要去拍小照，偏要去。拍照是会吸人血的。""吸血"只是他的一种表达。他其实想说的，是照了相了，生命里的某种东西，就会失落在其中。他说得有道理的。

我并没有失落在我六岁的照片里，我是落在一条破败的不知道漂去了哪里的乌篷船上了。之后，无论在哪里，在哪条河上，只要看到旧旧的乌篷船，我的心就会跟着它往远处漂。虽然我早已经知道，乌篷船上的妈妈，只是母亲跟我开的一个玩笑。可是在我不懂事的时候，妈妈在我的心里留下了一个洞。随着我长大，这个对于具象的母亲的寻找，演变成了我对于抽象的生命来处的寻找。我找不到，我心里一直就不踏实，是虚的。我想要找到这个生命的根源。这意外导致了我在长大之后，既要远远逃离故乡，到外面去寻找，又不停地回想它。离得越远，离的时间越长，就越想念。故乡早已经失落在童年里了，今天再回到那个叫故乡的地方，已经面目全非。去一次，失望一次。我不打算再回去了。我要在回忆里面，把那个曾经好好的故乡重建，在重建的时候，我就能回溯到我的生命之源。

母亲一直把这张照片压在她镜子背面的玻璃里。这是我们小时候唯一的一张合影，母亲再没有带我们去拍过照。也正因为这张照片，我才知道我小时候的样子，才记得母亲年轻的样子，才会想起，弟弟曾经那样那样的小。

此刻，我又想到弟弟的样子。他一脸的稚气和天真，活泼泼的，身上像装了一个小发动机，每天都那么地生机勃勃。而他长大了的样子，就模糊多了，我不太愿意多想,我只喜欢小时候的他。那时候他快活,无忧无虑。即使只是一个人玩,也自得其乐。可是现在呢?才到中年,就已经老了。永远是满腹心事,头发也已经花白,脸上是对生活的无奈与认命。他已经疲惫不堪,他应付不了他的生活,只好做一只驼鸟,埋起头,与世隔绝。

⑦ 洗澡

我总在我住的小房子的墙上贴着我写好的文章。一张纸,只粘两只角。风一吹,就哗啦啦地响。

我的名字本来叫"鱼头",三岁之后弟弟出生了,他叫"小鱼儿",我就叫"大鱼儿"了。我当然不喜欢弟弟,因为我是哥哥,什么都得让着他。不让他,他就告状。他不喊我哥哥,只喊我的名字。只有大年初一了,才照规矩喊我一声。

年三十的晚上,新衣服新裤子新鞋子都已经放在床边上了。我跟弟弟睡一张床。初一一早,两个人默默起床,要彼此装着没看见,穿好衣服,立即去爷爷奶奶的房间。

"爷爷,恭喜你啊。"

"恭喜你啊,相公。"爷爷早已坐在床上,边说,边从床头柜上拿几颗糖果递到我们手上。

接着去厨房。"奶奶,恭喜你啊。""恭喜你相公。"然后去跟父亲说,跟母亲说。都说完了,我就装着漫不经心的样子站在屋门口。弟弟一直跟在我的后面,也把长辈们恭喜过了,这时候终于来到我面前:

"恭喜你啊,哥哥。"

"恭喜你,兄弟。"

这是大年初一早上我们说的第一句话。然后就放开了,满村子跑,一家一家去拜年,说恭喜的话,等人家给糖果。每家都会给,只是多少不等,种类不一。拜年要拜一上午。下午呢,就在家比糖果,看谁的糖果多,品种好。他要是比我少呢,或者不如我的好吃了,就会闹,死死地揪着奶奶的衣角不放。奶奶就说:"小鱼儿比你小。"我没办法,只好由他拿走他早就看中的。爷爷赶集回来，有时候会给我们各带一个烧饼。我不能先拿，要放在桌子上。弟弟就伸着头，绕着这烧饼转来转去，终于找出大一点点的那个了，才满意地拿起来。

对于这些，我并不计较，我惦记着爷爷给他的一角压岁钱。两个人加起来，能买三本连环画呢。弟弟从小精明，骗是绝对骗不到的，必须用他觉得好的东西换。于是，我所有好玩的都变成他的了。彩色玻璃珠、香水瓶、贝壳、泥人儿，他妥妥地装在一个铁皮盒子里，每天拿出来，放进去，不亦乐乎。他一个人可以坐在地上玩大半天。母亲让我看着弟弟，可是我静不下来，我喜欢在外面跑，常常闹得左邻右舍鸡飞狗跳。我常常因为看不好弟弟被父亲打。

父亲总是打我，不打他。杀鸡骇猴。我的性子越打越野，他的胆子反倒吓小了。他的胆子小到什么地步呢？都不敢去澡堂子洗澡。

我在七岁之前，洗澡都是在家里。

洗澡是在屋子后面的小院里。小院子是用木栅栏围起来的，木栅栏有一人多高，上面爬着满满一圈的野蔷薇，春天会开粉色的、白色的小花。花不能摘，蔷薇的枝藤上长着太多的小刺，不小心就会被刺到。这样的花墙可以把院子严密地护好。院子的中间长着一棵栾树，栾树又高又大，夏天开着密密的金黄的细花，一夜过后，落得满地都是。洗澡的木桶就摆在栾树底下。水已经放好了，正冒着热气。水桶太高了，要踩着凳子上去，一翻身，扑通一声跳进水桶。水桶里的热水一下子淹到脖子。奶奶从屋檐底下摘两只挂在那里的皂荚，掰得碎了，扔在水桶里，再递一根海绵一样的丝瓜瓤给我，让我自己洗。我哪有心思洗，只顾着拍水玩，把水打得满院子都是。

秋天之后，栾树上就结满了火一样红色的荚，远远地看，还以为又开了一树的红花呢。如果这时候洗澡，就在栾树上挂一顶透明的塑料浴帐，一直垂下来，完全罩住大木桶。这样在里面洗澡就不冷了。不过时间不能长，时间长了，就要不断地往里面加热水。

不管夏天还是冬天，我们都在家洗澡，从来不去澡堂子。那是要花钱的。除了爷爷，没人去。

我七岁的这年冬天，要过年了，爷爷带我和弟弟一起去高庄镇的澡堂子。这是我们第一次去澡堂子。澡堂的门不大，挂着厚厚的棉帘子。推了门进去，先是一个过道，过道的尽头，又有一个门。一进这个门，里面全是水汽，雾蒙蒙的，很多人的影子来来去去。屋子很大，摆着许多躺椅。在雾气里，一张张躺椅看上去似乎无边无际。躺椅的中间放着小茶几。人们斜躺着，高声地聊天。看不清人，可是声音能听出来。不停有人跟爷爷打招呼："木匠，你也来啦。""来啦。""带孙子来的啊？""哎，带孙子来的，过年呢。"跑堂的一手托着个木盘子，里面是一叠冒着热气的毛巾，一手拎只长嘴的大铁壶。因为嘴长，隔着好远就能给客人们手里的茶杯续水。

"大爹,先来条热毛巾擦擦脸。"跑堂的喊。

"好,好。"爷爷说。

"木匠,坐这边,坐这边。我带了好茶叶。"

"好,好。"爷爷说。

"孙子这么大啦?"

"大孙子上学了,小的还小。"爷爷坐下来,开始脱衣服。

"从家到这里不近啊,小的走得动啊?"

"走得动,都他自己走的。"

"木匠,孙子都这么大了,有福啊。今天可得花两个钱,一人买个大肉包。"

"买买买。"爷爷一边笑,一边让我和弟弟把衣服脱光。

爷爷招呼过熟人,一手牵着我,一手牵着弟弟往里走。到里面了,又是一个门,推开来,是一个宽阔的大水池。屋顶上吊着一个发着黄光的大灯泡。水池里、水池边上全是人,每个人都是赤裸裸的,一丝不挂。

"我去试试水,你站在这里不要动,看好小鱼儿。"爷爷对我说。

我没动。我都呆住了。我从来没有看到过人是这个样子的。这么多人,赤条条地挤在一起,有着一种说不出来的怪异和震撼。浓浓的水汽里,光着身子的人们穿着木屐,踢踏踢踏地走动着,偶尔有人撞到我,滑溜溜、潮乎乎的。谁也看不清,一个个面目模糊,说话也是甕声甕气的,还有回声。唯一清晰的声音是搓澡人发出的,他节奏分明地拍打着一个躺在桌上的人。

我去过一个庙,黑乎乎的一个屋里,站着许多几乎没穿衣服的小鬼,呲牙咧嘴,神态又丑又凶,跟这个景象像极了。

"小鱼儿呢?"爷爷问我。我回头一看,弟弟不见了。

"小鱼儿。"爷爷大声地喊。没有声音。爷爷拉着我满池子地找,没有。爷爷又拉了我到外面喊。

"看到一个小伢儿在这里穿衣裳的。"跑堂的说。

爷爷跟我匆忙穿了衣服出去。我们从街这头找到街那头,根本没有。爷爷急得都要疯了。走到高庄镇的桥头,爷爷问一个皮鞋店里的人:"有没看到一个四五岁的小伢儿?"店里人摇摇头。爷爷走到桥上,我跟在后面。

"让你看好他,看好他。"爷爷铁青着脸,举了手想打我,终于没有打。"唉!"他叹着气,在桥上跺着脚。

熟人们闻讯都散开来,四处寻找。整个高庄镇,每家都问了,来回梳了几遍。那个在澡堂里请爷爷喝茶的人一直陪在旁边:"木匠,不要急。这么大的一个人,跑不远。"

"就怕碰到拐子。"爷爷的声音都发抖了。小时候我们最怕的就是拐子。爸爸带我们赶集,肩上扛着弟弟,边走边唱:"人拐子,拐料子,拐人家伢儿上街换杲子。""料子"也许是"天生的"意思。天生就是做拐子的一块"料"。"杲子"是"东西"。我们都知道,不跟陌生人说话,不吃陌生人的东西。"吃了他的东西啊,他就拿麻袋往你头上一套，背了就走了。"

"爷爷，小鱼儿不会被拐子拐走的。"

"你怎么知道。"

"我知道。他不会吃人家的东西。碰到拐子他会叫的。"

"木匠，放心，大鱼儿说得在理。你等等，等等就有消息。"

爷爷和我都累得走不动了，借了一条凳子，在人家门口坐着。不远处刚出笼的包子飘来阵阵的浓香，我看也不敢看。

父亲骑着自行车急冲冲赶过来。

"小鱼儿家去了。"

"小祖宗！"爷爷松一口气，骂道。

"十几里的路，他一个人走回去了？"旁边人问。

"他一个人走回来的。问他爷爷呢，他说，在澡堂子呢。你怎么一个人回来了？他说在澡堂子里看得怕，就跑回来了。这个小东西。"

人的赤身裸体，让弟弟受到了惊吓。他没想到人会那个样子。在此之前，他没有见过，至少没有见到这样触目惊心的场面。

这件事的直接后果是，爷爷走亲戚不带他了，只带我。他只能待在家里。他好像也无所谓，看我跟着走了，也不争，追到门外看一眼，就转过身自己一个人玩去了。过了两年，弟弟上学了。每天放学回来，就站在门口的一块破磨盘上，学着语文老师站在讲台上的样子，挥舞着手,从头到尾把老师的话重复一遍,里面还夹杂着"不要讲话""坐直了,坐直了"的训斥之声。而我,早跑到野地里玩去了。他这独自的表演,直到有了一个新的兴趣之后才停下来。

起因是我。

村里的地,原本是牛耕的。每个生产队都养着牛。包田到户之后,牛就分掉了。各家自己想办法耕地。我家买了一架像个钩子的小犁。耕地的时候,把绳子套在背上,两手扶住犁柄,人倒退着,边走边耕。我才十岁多,干不了这样的重活,是母亲在耕。我就拿了钉耙平整土地。弟弟拎个铁皮的小桶子,捡着到处乱跑的小虫,回去喂鸡喂鸭。村里"弹棉花的"忽然开回来一辆拖拉机,可以耕田的拖拉机。前面是拖拉机的头,拉了一把铁犁。在铁犁的肩上有一个圆圆的盘,"弹棉花的"坐在上面,像一个骑马冲锋的将军。这让我羡慕极了。他的拖拉机开到哪里,我就跟到哪里,在田地里不辞疲劳地一圈又一圈地跑。我跑了一天,第二天就有更多的小朋友跟在后面了。人数不断地增多,终于影响到拖拉机手的工作。他停下来,把我们全部赶走。等我们散了之后,跟在拖拉机手后面的,只有一个人,就是弟弟。

弟弟每天都去。回家吃过饭了,听到拖拉机响,急急忙忙就赶过去。天天去。几天之后,又有一个人跟在了弟弟的后面,是我们村的呆子"五头"。"五头"是"秤匠"家第三代呆子。"秤匠"这个人,我曾在《匠人》一书里，有过详细的叙述。道士给他算过命，他的家族里，将会出三代呆子。

弟弟嫌"五头"跟在后面丢人，就拿泥块丢他。一丢，呆子就跑。不丢了，他又跟回来。弟弟终于无可奈何地放弃了他的新爱好。多少年来，只剩下呆子一个人，一直陪伴着拖拉机手的耕地岁月。有一天，拖拉机停在远远的田野当中，呆子大喊大叫地跑回村里。等人们赶过去，拖拉机还在响着，拖拉机手已经电死在拖拉机上。

之后，弟弟又有过许多的爱好，都是自己一个人玩，他不跟着我，也不和别人玩。我喊他，他也不去。他是愈加孤僻了。而我呢，是越来越野。我去了外地，四处流浪，我们越离越远。我在无锡打工的时候，弟弟考上了南京大学，轰动全村。父亲摆了几十桌的酒席请客，还在家门口放了一场露天电影。我收到了信，我没有回家。

大学一年级的暑假，弟弟来无锡看我。我带他去蠡园玩了一圈。本打算第二天再带他去锡惠公园看"天下第二泉"，他说他要回家。我说："你听过阿炳的《二泉映月》吗？说的就是这里哎。"他摇摇头。我嫌他木头木脑，就说："行吧，回就回吧。"

第二天上午，我有事要出去，让他在住处等我，我一回来，就送他去车站。等我回来时，他已经走了，在桌上给我留了一张纸条："我走了，剩下十块钱留给你。"纸条底下压着两张皱巴巴的五元钞票。

大二开学不久,他给我写过一封信,这是他给我写的唯一一封信。他说:"我抄了两篇你贴在墙上的你写的文章,我到中文系找了一个老师请他看,他说你写得很好。"

我没有回信。

我总在我住的小房子的墙上贴着我写好的文章。一张纸,只粘两只角。风一吹,就哗啦啦地响。这是我发表文章的唯一的方式。我从高中开始就向报纸和杂志投稿,从来没有发表过一篇。贴在墙上,只是让自己看。看着看着,觉得不好了,就撕掉。再写,再撕。这个可笑的方式,一直持续到我三十岁。从无锡到珠海再到南京,终于觉得今生写作无望了,就不写了,把墙上所有的纸片都取了下来,撕得碎碎的,扔进了垃圾筒。

⑧ 赌博

可是,过去了四十年,只要有人提到赌,哪怕说是小小地玩一玩,我立即就会听到一个声音在说:"够买一斤盐呢。"

在故乡那条长长的小路上,"桂儿"曾经陪了我很长时间。他是我上小学一年级时最好的朋友,比我大一岁,是我的邻居。穿过我家东边的桑树林,再往北走几百米,就到他家了。可是这几百米有点吓人,因为两边有好几座坟。

在我们村子里,人与鬼是混居的,房前屋后都有坟。清明要祭,冬至要祭,有什么事要祷告了,也要去祖先的坟上烧一烧纸钱。彼此常常打交道,好像他们就跟我们生活在一起。可是这几座坟不知道是哪家的,又破又旧,杂草丛生,从来不见有人来修整。无名的鬼就让人有些害怕了,况且上面被小动物钻了许多小洞。我害怕鬼会从这洞里钻出来,尽量不从旁边走动。要上学了,我就在桑树林的边上喊:"桂儿。"他就应道:"哎!"然后我出发,他也出发,我们在不远处的东汕桥上见。

过了半夏河,一直往东,就是荷先生的药草园。荷先生用银针救过我的命。我敬重他,却不敢跟他多话。我们每天都会在他的药草园里玩一会儿。再过一条小河,就到我们小学了。

小学是路边的三间瓦房。房子矮矮的,老师要弓着腰才能进来。房子的前面是望不到边的稻田,后面是操场。正好有一根电线杆子经过这里,竖在操场上。老师钉了一块木板,上面加上一个铁圈,朝北固定到电线杆子上,算是我们的篮球架。电线杆子朝南,又绑了一根横木,横木上挂着一只铜的铃铛。铃铛很响,上学了,放学了，家家都能听到。

那三间瓦房还不是我们教室，那是高年级的。操场往北是一个大竹园，村里有重大的会了，就来这个竹园里开。竹园很大，十分的凉快。我们有时候在这个竹园里上课，但这也不是我们真正的教室。竹园再往北，在一棵大枫杨树的底下，有一间小小的瓦房，就一间。这才是。瓦房的主人是一位老奶奶，她把她的房子借给了我们。

老奶奶自己住在瓦房旁边的一个草棚子里。她的床在里面，锅也在里面。不过太小了，她就整天搬一把矮凳子，靠墙坐在我们教室的外面。她的头发很长，全白了，没有一根黑的。她总是拿一把弯弯的牛角梳子梳头。上午梳一次，下午梳一次，慢慢梳，梳得整整齐齐。其余的时间，就笑眯眯地抽着一个长杆的旱烟。她认得我们每一个人，谁要是过分调皮了，她就喊"桂儿哎""大鱼儿哎"。她只说这一句，说的时候脸上也还是笑。我们就安静一会儿。

我们的课桌和凳子都是从自家带的。开学的时候扛过来，放假了，再扛回家。大部分人的课桌都极其简陋，一个面，四条腿，就完了，还经常发出咯吱咯吱的响声。我的课桌是爷爷做的，不只是光滑漂亮，还多了一层抽屉。在课桌的腿上，爷爷认真地刻了"大鱼"两个字，表明是专门给我的。我对课桌极其宝贝，从来不肯用小刀划、用笔在上面写字，也不在上面削铅笔。

这间不大的房子里坐了二十多个人。一半是一年级的，另一半是二年级的，叫复式班。老师给二年级同学上课的时候，我们就自习。我们上课了，二年级就做作业。下课一起玩。我六岁上学只是玩，真正上一年级，是七岁。桂儿比我大一岁，上二年级，跟我仍然算是同班同学。我们几乎形影不离。

过了春节，刚开学，学校里忽然流行一种叫"掼墙"的游戏。

一人拿一块铜板，对着墙掼下去，铜板撞到墙上，反弹了，就在地上往前滚。等停下来不动了，另一个再掼。掼好了，就张开大拇指与食指，一手一手地量过去，铜板跑得远的赢。远几手，就算赢几分钱。并不是真给钱。输几分，赢的人就在输的人身上轻轻打几巴掌。

桂儿跟我说："我们不要打吧，我们来真的。"我说："我没钱。"桂儿说："我也没钱，就欠着吧。"我说："好，欠着。"

"掼墙"的游戏也就玩了一个多星期，大家的兴趣就转移了，跟着高年级的同学玩"两个铁球同时落地"。大家四处找大小不一的砖头，站到凳子上、桌子上，甚至有胆大的站到了老师的讲桌上，把手里的砖头同时松开。果然，两块大小不一样的砖头同时落到了地上。

可是桌子太矮了，还没来得及反应，砖头就到地上了。伽利略可是站在比萨斜塔上扔的。我想了一个办法。我用裤带绑了两块砖头在身上，爬到教室门口的枫杨树上，坐在高高的树丫上，伸出两只手，等大家都目不转睛地盯着看了,手一松,砖头落了下来,实验成功。

除了老奶奶吓得脸色发白,连连喊了好几声"大鱼儿哎",其他人都兴高采烈。我更是开心。等我从树上下来,桂儿问我:"还玩不玩'掼墙'了?"

"不玩了。"我说。

"那你欠我十四手,一角四分钱。"桂儿说。

"这么多?那你打我十四下吧。"

"说好来真的,你要给我钱。"桂儿的神情很认真。

"我没有钱。要不你用力打我就是了,多打几下也行。"因为还从来没有一个同学真正给过钱的,我有点惊讶。

"不行,说好给钱就给钱。"

"我没钱。"

"没钱也不行,你回家要去。"

"我要不到,我爸会打我的。"

"我不管,说好给钱就要给钱。"他一把拉住我。

我呆住了。我把他的手推开:"我们是玩的,你怎么当真了?我哪有钱?你看,我一分钱也没有。"我把口袋全翻给他看。

一角四分钱是一个大数目,我过年的压岁钱才一角。过了年,我就用压岁钱买了一本《李自成》。买回来之后,我们坐在一个大草堆底下,太阳照着,两个人头挨头,一页一页地翻。翻完了,他说喜欢李自成的宝剑,我们又一起到篾匠的家里去找剑一样的竹片片。

"没有也不行,欠钱就要还。"他拉住我的衣服。同学们围在旁边看,都不知道该说什么。我知道理亏,可是这么大的一笔钱,我不可能有。我推开他,拔腿就跑。

"你等着。"他朝我喊道,转身进了教室。

只过了一会儿,他就出来了,手里端着我的课桌:"你还不还?不还我就把你的桌子扔出去。"

"你不要拿我的桌子。"我急了,跑过去抢。我还没跑到他的面前,他举起我的桌子,使劲地扔了出去。桌子掉在地上,先着地的那条腿"咔嚓"一声断了。

我跑过去,拿起断了的桌腿,努力往断处安。安不上去,我还在安,一边安,一边哭起来。

天黑了,所有人都回家了,我坐在地上,抱着桌子腿抽泣着。老奶奶说:"不要哭,回家吧。唉,这个桂儿。你们不是好好的吗?"我还是坐着。老奶奶说:"你回去吧,啊,你回去,我帮你用绳子绑起来。"

回到家,我不敢跟任何人说,早早吃了口晚饭就睡了。

第二天是星期天,大人们下地干活了,家里只有奶奶和我。我拿了一把小钉耙在家门口的一块空地上挖蚯蚓,挖到了,装在一只瓦盆里。两只鸭子不肯等,看我挖到了,伸了嘴就来抢。我怕钉耙会碰到它们,就轰它们。正闹着,忽然就听到有人喊:"奶奶,你家大鱼儿在吧。"

我直起身一看,脸刷一下吓白了。桂儿的妈妈领着桂儿站在我家门口。奶奶从厨房出来,拿围裙擦了擦手,笑着问:"桂儿的妈,什么事啊?"

"你家大鱼儿跟我家桂儿'掼墙',输了一角四。我奶奶抬头看了看不远处的我。我手里拎着钉耙，直愣愣地站着，一句话也说不出来。

奶奶看了看桂儿妈的脸，转身进了屋子，好半天才出来，手里握着一把硬币，一言不发地递给桂儿的妈。桂儿的妈接过去，摊在手上，数了数，嘴里嘀嘀咕咕地说："够买一斤盐呢。"桂儿木木地站在她的旁边，一眼也没有看我。

八岁的桂儿跟着妈妈走了。我慢慢走回来。奶奶进了厨房，往锅灶里加了几根枯竹子，火光一亮，照在她的脸上。我走到她的旁边，轻声喊道："奶奶！""哇"的一声哭了出来。

奶奶说："不哭不哭。"

爷爷有好些天没有吃鸭蛋了，他是过两天总要吃一只的。奶奶让他别吃了，要换成钱。因为原本买盐的钱被我输掉了。爷爷和奶奶没跟任何人提过这件事，就像从来没有发生过。可是，过去了四十年，只要有人提到赌，哪怕说是小小地玩一玩，我立即就会听到一个声音在说："够买一斤盐呢。"

我跟桂儿还是日日相见，我们是一个班的同学啊。我们"不说话"了，互相看也不看。直到上了中学，我们才又开始彼此打招呼，可是已经做不成朋友了，只是一个邻居。过去了几十年，在今天，在我又写到他，重又回想这段往事的时候，我并没有丝毫的怨恨。我只是特别地想念我早已去世了的奶奶。我已经记不得长大了的桂儿的样子,我记得的,还是他八岁的模样,正从远处朝我跑过来,一跳一跳的,像骑着一匹马,手里舞着"李自成的剑"。

⑨ 电影

我喜欢坐在黑暗当中完全忘掉自己。当灯光熄灭，人物出现在银幕上，我的灵魂就飞过去，来到他们的世界里。

直到今天，我对电影都有着一种狂热的情感。隔一阵子我就要去电影院，我一个人去。我喜欢坐在黑暗当中完全忘掉自己。当灯光熄灭，人物出现在银幕上，我的灵魂就飞过去，来到他们的世界里。那个世界对我而言，是真实的，并不是人造出来的，我就和他们生活在一起。我忘了我身在何方，更不知道还有个现实世界。他们的命运就是我的命运。灵魂飞进了银幕，身体就留在这影院的角落里，在黑暗当中，为他们的悲伤，默默地流着眼泪。

对电影这样的热爱，从小时候就开始了。

有露天电影的日子，是小孩们最盛大的节日。早在听到消息的时候，心里就痒痒的，不得安生了。到了这一天，更加一时一刻也不肯离开就要放电影的晒场。

这个晒场在大村子的中央，比我们生产小队的晒场要大几倍。它是大村的广场。广场的边上是一排房子，一间是大队部，一间是粮食加工厂，其余的全是仓库。仓库里大部分时间并没有粮食，空空的，乱乱地放了一些杂物，还有几张床铺。有外村的客人来，要在申村住了，就住这里，也就是申村的旅舍了。前面说到的樊部长，就有很长时间住在这里。房子的前面长了一排银杏树，村子里最多的就是银杏树。树不老，不过也可以遮阴了。树底下总坐着几个人在下象棋。

晒场是一块长方形的平地。最东边是一条小河，过了河，就是我们小学了。最西边是一条小路。放电影的人就从这小路上骑自行车过来。两个人,一前一后,自行车上装得满满当当的。他们才到村口呢,就被望眼欲穿的孩子们看到了,鸟雀一般飞过去,把他们团团围在中间。他们只能跳下车子,推着慢慢走。孩子们快活的喊叫,把原本寂静的在夏日里昏昏欲睡的村子一下就惊醒了,越来越多的人来到晒场上。有人搬着椅子,有人抬着板凳。他们都想早点来,可以占一个好的看电影的位置。

很快,在晒场的最东边,两根木杆就高高地竖起来了,紧接着,雪白的银幕也扯上去了。可是不要急,离放电影还早呢,太阳还在天上,晚饭也没吃。

放映机已经摆好了,就放在晒场中间的那张八仙桌上,可是一动也不动,连电影胶片也没有挂上去。桌子的旁边也竖着一根木杆,上面挂了一个巨大的电灯。年轻的拖拉机手,跷着二郎腿坐在电灯的底下,牢牢地守着,不让孩子们凑得太近。放映员已经被隆重地接到大队部里去了。拖拉机手是受命在这里看守设备的。他突然变得很严肃,不再笑嘻嘻地跟我们乱开玩笑了。

"碰坏了,电影看不成是小事,把你们几个一起卖掉,也赔不起。"他用夹着香烟的两根手指朝面前的孩子们画了半个圈。孩子们一个个把手别在子后面,伸长脖子,好奇地盯着这个像一只大甲壳虫的放映机,怎么赶也不肯走。

"来了,来了。"孩子和爱热闹的大人们,忽然发出热烈的欢呼。放映员来了,人们站起来,给他让开道,像欢迎一位英雄。

这位"英雄"刚刚坐到八仙桌子的旁边,拖拉机手就给他递上一支烟,又从脚下拖出一只热水瓶,往搪瓷缸里倒上热水。放映员一手夹着烟,一手端起搪瓷缸,用嘴吹吹浮在上面的茶叶,轻轻嘬一口,脸上露出快活的神情。然后,吸一口烟,再轻轻嘬一口茶水。他就这样快活地坐着,偶尔抬头看看天,天还没有黑。

我们在他这里再也看不到新鲜的东西了,就懒懒地散去。忽然又发现了他的助手。

助手是个很年轻的小伙子,还不到二十岁,他是放映员的学徒。他弯着腰,站在发电机的前面。发电机不大,圆圆胖胖的,像一头被捆放在地上的猪。他不断地摇着一个把手,发电机就发出咕咕噜噜的响声,咕咕噜噜半天了,才突然发出巨大的轰鸣。机子转起来了,挂在场中木杆上的电灯立即发出刺眼的亮光。人们又是一阵欢呼。

灯亮了,我们四五个调皮的小孩又回到放映员这里。他从包里拿出一个铁盒子,再从铁盒子里拿出电影胶片。胶片是个大圆盘,要先放到一个架子上,拉出一段,接在另一个圆盘上,用一个小把手摇。原来这个胶片刚放过,要倒片。倒好片子了,才插到放映机的一根手臂上。放映员拉出长长的一段,一圈一圈绕在放映机上的各种各样的小轮子上。我总是担心他拉得太长,会把好的内容拉过去了,电影里会看不到。就在他旁边的桌子上,有一个四方的小铁皮盒子,我们的眼睛一直盯着这个盒子。我们都知道,这个盒子里有他剪下来的破碎的、烧焦了的胶片。放映员一直在忙着,他看也不看我们,我们就一动不动地守着。

"你,去跟小王说,让他把自行车再查一下,链条紧一紧。"他终于打开盒子,拿了一格胶片给一个孩子。那孩子就跳跃着跑开去。

小王就是他的徒弟。露天电影一放就是两部,会在两个村子同时放映。这里一部放完了,要把片子送到另一个村,把那个村刚放映过的换过来,这叫"跑片"。有时被耽搁了,要等很长时间。这等的时候,一直守候在晒场边上的小贩们立即又摆开摊子。有敲着小铜锣喊着:"卖糖噢,卖糖。"有用木块一边"橐橐"地敲着木箱子,一边喊:"冰棍啊。"孩子们纷纷向大人伸出手要钱。有给的,有不给还要骂几声的。整个晒场上立即变得躁动而喧闹。银幕就白花花地空着,什么都没有。然而这空白的时候不能太长,太长了,就会有年轻人朝放映员大喊大叫。

放映员最担心的就是"跑片"的时候自行车会坏掉,所以在放映前,总要反复叮嘱徒弟好好检查。拿到胶片的孩子,快活得像疯子一样,飞一般跑过去给他的徒弟传话。我们站在放映员的旁边,大气也不敢出,眼巴巴地等他再派下一个任务。放映员把胶片全检查好了,盖上了他的小铁皮盒子,每个人都绝望地耷拉下脑袋。

放映员的脸上忽然露出笑容:"你们都离我远一点,不要再过来,我就每个人给一片。"

"噢!""噢!""噢!"每个人都跳起来,拿了自己的一片,跑得无影无踪,要找一个有灯光的地方看里面的小人儿。

我兴奋地往家跑,去向弟弟炫耀。屋门口没有灯,什么也看不见,我跑得太快了,一下子就撞到一个小小的黑影子。是弟弟。弟弟当时摔倒在地,大声哭起来。妈妈从家里出来,把弟弟抱进屋子,到灯光底下一看,吓了一跳。弟弟的鼻子直往外流血。看到自己流血了,弟弟哭得更大声了。我站在旁边看着,吓得呆了。爷爷说:"弄盆冷水来。"父亲朝我吼道:"你兴啊,你兴啊。"奶奶端了一盆冷水过来,让弟弟仰起头,用手沾了水,在他的额头上轻轻地拍打着,血渐渐停住了。妈妈把弟弟放到床上,在他的头上盖了一块湿毛巾。弟弟抽泣着,慢慢也不哭了。

父亲把我关在房间里,把门从外面锁了,让我在里面陪着弟弟。弟弟躺着,我坐在床边上,手里还握着那个薄薄的小小的电影胶片。弟弟才六岁,还没有上学。鼻子出了血,又受了惊吓,他很快就睡着了。

窗户外面突然传来响亮的音乐,晒场上原本的嘈杂声没有了。我知道,那是挂在银幕旁边的大喇叭发出的声音。电影就要开始了,电影已经开始了。

我搬了一只凳子放在窗户的下面，站上去，扒着窗户朝外看。电影的音乐里已经有人在说话，还有狗叫。电影里的狗叫，又引起村里的一阵狗叫。可是我什么也看不见，窗户外面一片漆黑。

我和弟弟住的这个房间只有一个窗户。泥土的墙夯好之后，在上面挖了一个洞。爷爷用木条钉了一个有着许多小格子的窗户，放在这个洞里，再在木格子的外面，糊了一层白纸。电影里的声音，毫无遮挡地扑进来，像钩子一样勾着我。我在屋里面团团乱转。弟弟已经睡得很熟了。

我用手推着窗户。因为四周是泥土，窗户固定得不是十分稳妥。推着推着，就活动起来，可是仍然推不开。电影一定放到最热闹的地方了，里面的声音变得激烈起来。我双手贴在窗户上，一下又一下地推着，推得急了，用头使劲一撞，木格窗掉了下来。土墙是很矮的，我爬上去，一滑，就滑到了外面，再捡起窗户，塞在窗洞里。

我拼命跑着，远远看到银幕了。一群人，老老少少正在河里挣扎着往前，后面有人拿着枪在驱赶。

三十多年过去了，对于这部电影，我只记得这一个画面。回头再想，这应该是越南人在往中国驱赶华侨的纪录片。放这部电影的时候，我九岁，正是1979年，中国跟越南发生了一场激烈的战争。一个月的时间里，双方死了将近十万人。这么一场血战，却很快就被人们淡忘了。

⑩ 奶奶

奶奶去世已经三十多年了，可是我总觉得她昨天还在，她只不过是刚刚离开。她和我之间，只是隔着一个什么，她离得并不远。

奶奶

我已经十岁了。在我十岁之前,我的日子是温暖的,甚至是飞扬的。父亲对我也有呵斥和小小的责打,可是就像冬天火炉前偶尔有人开门带进来的寒气,丝毫不能影响整个房间里的暖和。奶奶对我是溺爱的,可是这个溺爱多好啊,这个溺爱又是如此的短暂。她不在了,家就变成了冰窟。奶奶去世已经三十多年了,可是我总觉得她昨天还在,她只不过是刚刚离开。她和我之间,只是隔着一个什么,她离得并不远。写到这里的时候,我忽然明白,我从来就不曾长大。我就停留在奶奶去世的那一年,之后的岁月里,我孤独、无助,我一直在装作一个大人。

奶奶是在我十岁的时候去世的。

我经常看到奶奶悄悄一个人,拿一把小铁锹的木柄,顶着自己的胃,额头上冒着汗。我说:"奶奶,你怎么啦?我帮你顶。"我就拿着木柄帮她顶。奶奶用手摸着我的头,轻声说:"好了,好了。"

我知道奶奶一直有胃疼的病。我也知道她是因为不吃饭。她天天在那里烧饭,烧好了,给一个一个人盛好。等大家全吃好了,她吃剩的。父亲说奶奶的本事大。1958年之后,家里一粒粮没有,奶奶总能找东西来煮。不知道什么时候,她在堂屋的地底下,藏了一小罐米,有好几斤呢。每天在锅里放一小把。后来又四处采树叶子、摘野菜,她知道什么能吃。只有在最后,实在没办法了,才掺了一点"观音土"。什么是"观音土"呢?从地里挖的土，白白的，蒸好了，看上去像馒头，吃了会肚子胀，吃多了，就胀死了，因为不消化。有人说是滑石粉。不过奶奶知道该在锅里放多少。家里七口人。爷爷、奶奶、伯父、父亲还有三个姑妈，都活了下来，奶奶负责做饭，每个人都向她要饭吃。她自己呢，几乎不吃。按理说，那个时候她就会死掉的，可她活了下来。只是胃坏了。到我十岁的时候，她几乎不吃什么东西，整天用手捂着她的胃。

有一天放学回来，奶奶不见了。大人说去了医院。

我每天一放学，就去村口等，一直站到天黑。

稻子刚刚收割了，田野里空旷旷的。七拐八拐的乡路，被太阳晒得白白的，朝着远处不断伸延，一眼看下去，能看好几里。刚开始的时候，是几个小黑点，越来越大，终于看得清，是几个人抬着竹匾在走。我一声不吭，拼命朝他们跑过去。走在最前面的是父亲和伯父。他们只是抬着竹匾，喘息着，好像没看到我，好像不认识我，一句话也不说，只是一步一步地走着。我跑到竹匾的边上，一边跟着跑，一边看着奶奶。奶奶的身上盖着一条被子，脸露在外面，眼睛闭着，脸色黄得可怕。我说："奶奶，奶奶。"我听到她的鼻子里轻轻哼了一声。父亲回过头，低声说："不要喊。"

竹匾靠墙放在长凳上。旁边是一张八仙桌。父亲和伯父陪着从镇上请来的医生吃饭。爷爷坐在奶奶的脚旁边给她焐脚。我一直看着奶奶。奶奶的眼睛闭着，也不说一句话。我想喊她,可又怕父亲骂我。我就在心里喊,奶奶,奶奶。

医生突然扔下吃饭的碗跑了过来,用手摸摸奶奶,测试着什么,然后,回头对我父亲说:"人走了。"

没有人说话,也没有人动。

我还是看着奶奶,爷爷还是在给奶奶焐脚。父亲和伯父僵僵地站着。

医生又说:"人走了。"

不知道谁突然哭出声来,我也哭起来。我知道我很难过,我知道奶奶死了,可是我并不知道她的死意味着什么。

所有人都哭起来,只有那个总是对着奶奶大呼小叫的爷爷一动不动地,还坐在奶奶的被子里,紧紧地抱着奶奶的脚,给她焐着。

他这样坐了一整夜。

我后来才知道,奶奶死了。虽然我才十岁,我人生的快乐也就结束了。我的家没有了。从这时起,我就注定要成为一个流浪汉。世界再也没有这么温暖的、我可以盼着回去的地方了。她的死,将直接把我抛到这个冰冷、孤独的世界。从此之后,我就要一个人过了。

我一直以为,时间长了,很多东西就会忘记。事实上,我是忘记了很多。当时生命中颇为重要的人,我也忘了他们的名字、他们的样子,就好像他们从来不曾存在过。可是三十多年过去,无论什么时候,想到奶奶,她的样子就会立即出现。她戴着无檐的软帽，她的头发斑白稀疏，她的梳子缺了好多齿，她还每天都拿它梳头。梳好了，盘起来，扎成一个髻，用铜簪子一插，清清爽爽。她的脸上全是皱纹，牙也掉了，瘪着嘴总在笑。她的手，瘦骨嶙峋的，可总是暖暖和和。奶奶没有拍过照，她没有照片，可是对我而言，她是清晰的，眼睛闭起来，一想她，就能看到她。

我第一次品尝到悲伤和想念。我也知道，除了这个我看得见的，我们活着的人的世界，还有另一个世界。奶奶到那里去了，我见不到她。我唯一能做的，就是每天早晚在她的牌位面前，给她放一碗刚盛出来的热饭，拿一双筷子，平放在上面。看到热气往牌位上一阵阵地飘，我就以为她在吃我端给她的饭。给奶奶端饭这件事，我不让任何人做，我要一个人做。可是，这件事，只能做七七四十九天，之后，就不用了。爷爷说，奶奶走了，不来吃了。

可是，奶奶到哪里去了呢？

我们生活的世界叫阳间，人去世了，就到了阴间。阴间是另一个世界。不过他们也能从阴间走到阳间来，只是人们看不到。他们一般不会打扰活人的生活，不过他们会护佑他们的子孙后代。他们的灵魂，有时候会驻留在家中的"木主"，也叫作"牌位"上。但他们也有自己的住处。坟墓，就是去世了的人在阴间的房屋，所以又叫阴宅。平时最好不要到他们的坟墓上去，会惊扰他们。墓地里埋着许许多多各不相同的人,你不知道就会招惹了谁、让他不高兴。所以除了清明节,中国人一般不去墓地。墓地里也总是阴气森森,那是阴间嘛。如果思念去世了的亲人怎么办?就放在心里。中国人就是这样,什么情感都可以隐忍、深藏。哭也要在没人的地方。

⑪ 帽子

我再也没有戴过这顶帽子。长大之后,也没戴过帽子。我不喜欢帽子了。

帽子

奶奶去世之后，父亲偷偷哭了好多回，脾气变得更加暴躁。

那年的冬天很冷。因为奶奶的去世，我期待很久的十岁生日没有操办。既没请客，也没有给我买早就说好的棉鞋。大家故意忘了。我记得，我也是一个字不提。我的心里也满是悲伤。

放寒假之前一直在下雪，雪下得不大，路上只积了薄薄的一层。我穿的是一双单层的布鞋，太冷了，我就从棉袄里扯下一小把棉花，塞在鞋子里。鞋底是奶奶在的时候，用一层一层的破布纳成的，挡不住雪水。到了教室，鞋子湿了，里面塞的棉花也湿了，原本已经生了冻疮的脚疼得厉害。我灵机一动，把头上的帽子拿下来，脱掉潮湿的鞋袜，把脚放在帽子里，用帽子上的绳子紧紧绑着。脚很快就暖和过来。我一下子就快活了，用嘴叼着铅笔东张西望。

正在给我们上课的是我的父亲，他是村里小学的语文教师。他看到了我的快活，喊我的名字，让我站起来回答问题。

我站了起来，因为两只脚被绑在了帽子里，我努力用手扶住课桌，还是摇摇晃晃。父亲觉得奇怪，从讲台上走下来，一看，发现我竟然把过年买的棉帽子踩在了脚底下。

这真是暴殄天物。父亲吼道："花钱给你买帽子，是让你用脚踩的吗？"一边吼，一边使劲地打我的头、我的脸。我拼命用手抓住课桌，不让站立不稳的自己倒下来。等他打完了，走了，我坐下来，捡起帽子，把湿袜子拧一拧，穿在脚上，再慢慢套上湿漉漉的布鞋。我再也没有戴过这顶帽子。长大之后，也没戴过帽子。我不喜欢帽子了。

父亲打我的事，我没有跟任何人说。不知道是同学的家长跟母亲说了，还是父亲跟母亲说了，母亲知道了。过了几天，她给我买了一双新的有塑胶底的棉鞋。她把她乌黑的长辫子剪下来卖掉了，就是照片里的那两条辫子。我从记事起她就留着这辫子，现在剪掉了，给我换了一双棉鞋。短发的她，变得不那么年轻了。在这之后，她就再也没留过长发。

母亲七十岁，头发全白了。她和父亲大部分时间都住在南京，住得累了，再回乡下。在回乡之前，她会坐在阳台上，脖子上围一圈旧报纸，让父亲帮她把短短的头发染成黑色。

母亲和我们拍的那张照片，因为时间长了，先是一点点剥落，后来终于完全模糊了，可是一直放在她镜子的背后。有一次，她回了老家，我在她房间里的一个抽屉里，竟然又看到了这面镜子。镜子后面的照片，已经换成我女儿的了。

⑫ 看青

每年春天的时候,草棚边的刺槐树上会开出一串一串白色的花。花是甜的,村里人很喜欢。

看青

　　由于担心有人或者小动物偷盗庄稼，小队长请了我爷爷去"看青"。

　　申村大片的耕地，在半夏河的南岸。做活的人们，每天都要踩着吱呀作响的小木桥过去。一过小木桥，在左手的河岸边上，有一棵高大的刺槐。刺槐树的底下搭了一个小草棚，爷爷就住在这个棚子里。因为看青的人夜里是要守在地头的。

　　棚子是我的木匠爷爷自己搭的。他用两排长长的树干，架成了一个"人"字形的骨架，再在两边的斜坡上铺上高粱秆和稻草。棚子里面的泥地上铺着麦秸，软软的，透着一股清香。爷爷比较讲究，奶奶又给他在麦秸上铺了一张草席，荞麦枕头也是专门从家里拿来的。

　　每年春天的时候，草棚边的刺槐树上会开出一串一串白色的花。花是甜的，村里人很喜欢。因为树上有刺，采摘很不方便，要在长竹竿的顶端绑一把张着口的大剪刀，夹着花枝子一扭，一串花儿就落下来了。要不了那么多，就分一把给你，分一把给他。刺槐花拿回去，在开水里烫一下，立即捞出来，在冷水里泡一泡，拧拧干，然后调在鸡蛋里，在油锅里一炒，一盘槐花鸡蛋就好了。或者加上小葱和盐，和在面粉里，煎成槐花饼，也好吃。

　　有时候爷爷会亲手来采刺槐花。他当然不是为了做槐花鸡蛋或者槐花饼。伯父从半夏河里抓到鱼了，用草穿着鳃，活蹦乱跳地送过来。正好是刺槐开出花苞的时候，爷爷就采一把回来，做"槐花清蒸鱼"。

半夏河里有好多鱼，可是这些鱼都是属于村里的。平时钓上一两条可以，或者空手钻到水底去捉几条也行，不能用网。撒网捕鱼是个大场面，都是在过年之前。全村人一起出动，热闹地站在半夏河的两岸。河上撑来两条船，几个精壮的小伙子向河里撒下网，再沉重地拖上来。一网又一网。船撑到哪里，人们就跟到哪里。网到一条特别的大鱼了，捕鱼的人就手捧着举过头顶，两岸的人们大声喝彩"好！好！"。

捕来的鱼堆在小木桥北岸的晒场上。家家户户拎着篮子过来。鱼是按人口分的，一人两斤。篾匠用秤称着。小队长喊到谁家，谁家的人就过来，欢天喜地拎了鱼回去。过年分鱼是传统。大年三十晚上，家家把鱼煮好，可是不能吃，要放着，冻起来，大年初一再端上桌子，这叫"年年有余"。大年初一也不能吃鱼，这一天忌荤腥，要吃素，这叫"吃斋"。因为年初一这天，神灵都在，这是最庄重的一天，必须"斋戒沐浴"。初一吃素，同时也表明这是"惜生积德"的一家。

从捕捞到大年初一，已经盼了好几天的鱼，到大年初二端出来待客时，才可以真正享用。这一天，姑妈们拎着茶点礼品回家来拜年。爷爷、奶奶朝南坐在椅子上，等外孙们一个个磕头。磕完头，给一个红纸包着的小红包，里面只有一角钱，可是对孩子们来说，是一个大数目了。

初三、初四、初五，天天有亲戚来拜年。所谓置办年货，就是给拜年的人准备的。过年这几天，最高兴的是我们这样的小孩，有好吃的，还能疯玩。爷爷奶奶也很高兴，众多的晚辈天天围着他们，嘘寒问暖，送吃食，送烟酒，送他们最拿得出手的礼物。往往在这时候，爷爷会拿出他的权威："来来，给我捶个背。"小孩子们一哄而上，在他的背上乱打，他就哈哈大笑："行了，行了。林儿妈，给小伢儿拿吃的。"

"林儿"是我大伯的小名，"林儿妈"是我奶奶。奶奶答应一声，就从厨房端了山芋、糕糍粑、花生糖等好吃的过来。所有这些好吃的，都是奶奶做的。小孩子们并不敢立即伸手拿，要等爷爷拿一块，放在嘴里尝过了，点点头："不错，吃吧。"他们才把手伸出来，奶奶在每人手心里放一块。吃完了，还可以再要。

村里面的妈妈们，也会在过年这几天来我家，就是来走一走，喊爷爷一声。说是拜年，其实是想让他"看青"的时候，不要太严厉。爷爷对每一个都是客客气气，但是不送她们出门，都是奶奶一个一个，把她们送到院子外面。

"看青"这件事，爷爷也才做了一年。当时是因为什么事，跟奶奶赌气，正好小队长找人看青，他就去了，这样可以不住在家里，算是一个老人的"离家出走"。他去看青之后，庄稼既没有大的损失，也没有弄得鸡飞狗跳。村里人都很满意，他自己得到了更多的尊重，也高兴，虽然与奶奶早已和好，今年又继续住在野地里。

小满过后，爷爷把大槐树底下的棚子收拾好，背了铺盖住过去。我和奶奶就每天晚上来给他送饭。奶奶迈着小脚，拎着一只竹篮子，里面是一盘菜，一碗饭，一只长嘴的白瓷茶壶和一只茶盏。我抱着一只竹壳的热水瓶，走在她的旁边。家里的小黄狗也跟着过来了，一会儿跑到前面，一会儿跑到后面。

我们到了，如果爷爷不在、到地里去巡视了，我们就在桥头坐下来等。小黄狗"呼"的一声就跑没影了，它去找爷爷。

奶奶把碗、盘、茶盏从竹篮里拿出来，摆在桥板上，然后从长嘴的白瓷茶壶里倒出一盏茶。茶还没凉，小黄狗就又窜了回来，对着我们直摇尾巴。这时候，就听到爷爷轻轻一声咳嗽，不紧不慢地从庄稼地里走了出来。我朝他大喊："爷爷，今天有红辣椒。奶奶说要辣你，你怕不怕？"

爷爷说："好，好。"走过来，用手拍拍我的头，靠着桥栏杆坐下来。他先要喝一盏茶，喝完了，看着河水定一定神，才拿起筷子吃饭。他吃饭很仔细，很认真，碗里从来不肯剩一个饭粒。

吃好了，奶奶把碗筷拿到桥下河水里去洗，洗碗的时候抬头问爷爷："不曾有事吧？"爷爷掏出他的水烟壶，嘴里应道："不曾有事。是有个人，我咳了一声就走了。""不曾打照面吧？""不曾打照面。我走得远了才咳的，不会难为情。"

一般从田地里顺手牵羊捞点粮食回家的,都是妈妈们。她们知道爷爷就在附近,她们也知道爷爷看得到她们,她们下手并不过分。只要不过分,爷爷就不会过来。实在有不自觉的人,爷爷才会在远处咳一声,提醒她离开。

爷爷"吧嗒""吧嗒"地吸起水烟,烟壶上的火星在他的呼吸间一明一灭,这在夏夜的河上是十分协调的。河面上到处都是萤火虫。一层薄薄的雾,贴着水面流动着,使得萤火虫的闪烁,一会儿迷蒙,一会儿清晰。黑暗里的虫鸣潮水般涌起,又骤然停下,像是有人拿着指挥棒在指挥。我们有一句没一句地扯着闲话,等到爷爷的烟吸好了,茶也喝好了,他带着小黄狗又去田地里走一走,我就随着奶奶回家。

我十岁的时候,奶奶去世了。奶奶去世后,就埋在半夏河北岸的一块坟地里,离爷爷"看青"的那个小棚子不远,隔着河,斜斜地对着。奶奶去世的时候,村里的田地刚刚分到各家各户,再也不需要"看青"了。可是爷爷不让把那个棚子拆掉,他还要住在那里。伯父和父亲怎么劝他也没有用。

父亲先是请了篾匠去说,爷爷不听;又请了剃头匠去说,爷爷还是不听。这两个人是跟爷爷最要好的,他们说不下来,就真没办法了。

伯父带了工具,去把槐树底下的小棚子修理得结实些。爷爷不看他,搬了一把凳子,坐在大槐树底下看半夏河的水。

我一放了学,就去看爷爷。喊他一声,他抬起头,应一声,又专心用小刀和凿子,雕刻手上一个扁扁的盒子。

在乡下,一个人去世之后,会把他的名字写在一块细细长长的小木牌上,再在这个木牌下面,加一个小小的木头座子,让它立着,样子就像一个小小的墓碑。这叫"木主",也叫"牌位"。牌位放在每家堂屋里的香案上,过年过节,或者亡人忌日时,都要烧香祭拜。人去世了,他的灵魂偶尔还会回家来看看的,回到家里,就停驻在这个牌位上。家里最重要的物件就是这个牌位。如果搬家了,什么都可以扔下,唯有牌位一定要带着。没有牌位,跟去世的亲人就真正割断联系了。

爷爷雕刻的,是罩着奶奶牌位的一个木盒子。我几乎从来没有见过任何一家的牌位上罩这么一个盒子,最多就是在上面扎一小块红布。爷爷是想把奶奶的牌位装扮得更堂皇、更珍贵些。

奶奶去世后,爷爷不再吃早饭,午饭也不定时。他说不定什么时候就会来到伯父家或者我家。伯母和母亲,无论在做什么,看到他回家了,就立即停下手里的活计,给他做饭。他就静静地在桌子旁边的椅子上坐着。常常是下一碗面条,炒两只鸡蛋,这样最快。

每天晚上是我给爷爷送饭。爷爷吃过饭了,自己到河边去洗碗筷,洗好了,递给我。然后他就在槐树底下的凳子上坐着,小黄狗缩在他的脚旁边,一动不动。他既不喝茶，也不抽烟，原先那套讲究的仪式完全没有了。我陪他坐过一会儿，他就站起身，说："回吧。"我们一起过小木桥，我往家走，他拐弯往西，沿着半夏河的北岸往奶奶坟的方向去。

他每天晚上都到奶奶坟地那边去转一圈。奶奶的坟离河岸有几十米，在许多坟的中间，没有路通过去。爷爷只是从河岸上走过去，走到坟地附近了，站一站，看一眼，就又折回头回他的小草棚。

这年的冬天很冷，过了小寒，一连下了好几天的雪，雪积得厚厚的，都不好走路了。

爷爷的草棚在大槐树的底下，大槐树西边不远，就是小木桥。过了小木桥到半夏河的北岸，往前走上几十米，左手边是一排房子，这是村里的猪舍，养猪养牛的地方。五大间草房子，结结实实，有屋顶，有墙。养牛的篾匠一个人住在这里。分田到户了，照理这个猪舍要拆掉，老黄牛也要卖掉。篾匠舍不得，到处求人，大家就算了，还让他住在这里，一牛一人为伴。

小木桥上积满了雪，篾匠烤了几只山芋拿过来送给爷爷。爷爷躺在被子里，没有起床。篾匠掀开门帘子喊："木匠，木匠。"

爷爷轻轻答应一声。篾匠走到他旁边，蹲下来，用手在他头上一摸，额头上滚烫的，爷爷在发烧。

篾匠赶紧回村子喊我伯父。伯父跟伯母正在门口铲雪，把铁锹一扔，急急忙忙往小木桥跑。

伯父帮爷爷穿好衣服，伯母扶着，让他趴在伯父的背上。伯父把爷爷背回村，送到我们家。爷爷的房间在我家，他是一直跟我们过的。父亲在学校里上课，有人给他捎了信，他连忙请了荷先生，陪着一起回家。

荷先生给爷爷开了几服中药。妈妈在厨房的角落里，侧着竖起两块砖头，上面放一个陶盆，给爷爷熬药。过了十多天，爷爷的重感冒才好。伯父和父亲早把他的棚子拆掉了。

爷爷走到半夏河的岸边，看了看对面孤零零的大槐树，叹了口气，不再提要出来住的话。

奶奶是1980年去世的，爷爷1993年去世。这十几年，爷爷大部分时间就坐在家门口的椅子上打瞌睡。

1993年我在珠海。

高中毕业之后，我到外地去打工。我离开家的那天，天还没有大亮，爷爷没有起床。离开家的前一天，爷爷一直坐在柿树底下的椅子上，双手握着拐杖的龙头，下巴搁在手背上打着瞌睡。蝉的叫声由远而近连成一片。这是我最后见到的爷爷的样子。

⑬ 理想

我们走在蓖麻的底下,像走在森林里。这下面完全是另一个世界,属于我们的世界。

理想

小学五年级的时候,有个想法在我心里慢慢成熟了。我有了一个理想。

说到理想,就要说到碗小。我曾在《一个一个人》里写到过他。没有他的逼问,我可能就不会有那么清晰的回答,那我的人生也许会是另一个样子。

父亲在电话里无意中说碗小回来了,在镇上摆个摊子卖竹器。因为过段时间要去法国,我早就打算回老家一趟,于是星期天就回来了。回到家,天色已经晚了,邻居用电动三轮车把我送到镇上。街道上人不多,显得有些空,有些摊主已经在收拾着准备回家。我沿着街,一个一个的摊铺逛过来。除了卖钉耙锄头、大大小小的菜刀、凳子椅子、瓜果蔬菜的种子之类,城里才时兴的吃的穿的也有。

逛到大桥的桥头,我四处张望着,父亲说碗小在这附近。

一根水泥电线杆子的旁边,有个用蛇皮塑料纸搭成的棚子,下面的地摊上摆了许多的筛子、席子、簸箕和竹匾,做得都很精致,旁边坐着一个中年男人。我正看他,他也抬起头来,是碗小。

"你回来啦?"我走过去。

碗小是我小学五年级的同桌。上次见到,还是他在澡堂子里擦背的时候。之后听说他的老婆跟一个唱戏的跑了,他出去找,一连几年杳无音信。我还专门到他家去过,他的母亲与儿子在。他母亲抹着泪跟我唠叨了好久。没想到,他回来了。

碗小跟几年前相比更老了,脸上的笑容也不见了,皱着眉,像是对这一切都有着莫大的厌烦。看到是我,他立即站了起来,朝我点点头,脸上的神态有些尴尬,他并不想见到我。

碗小是西村的,五年级的时候来我们村上学,老师安排跟我同桌。他的父亲是篾匠,有时候会做一些好玩的东西给他,竹片编的螳螂、小笼子、竹筒做的水枪,他都跟我一起玩。我们对学习都不太积极,他喜欢涂涂画画,我喜欢写作文。

老师经常在班上读我的作文,读完了,发下来,我就在里面数"g"。老师会在一些好句子底下画上连续的一串小圈圈,在圈圈的结尾处写下一个漂亮的字母"g"。"g"是什么意思我不知道,总之是极高的表扬。写的"g"越多,这篇作文就越好。

我每个星期都在焦急地等着作文课。放寒假前的一次课,老师布置的题目是"今年冬天"。到讲作文的时候,老师又读了我的,可是这次并不是表扬,是批评。

"'寒风凛冽、北风呼啸、阴风惨惨',"老师说,"开头用排比句的方式,是好的,可是不懂的词,不能乱用。'阴风惨惨'是什么意思?是说死人的。"

"老师,"我举手站起来,"我在书上看到的,说南京雨花台'阴风惨惨',说的是敌人,不是死人。"

"你坐下。"老师生气地说,"我们村的这个冬天,哪来的'阴风'？哪里'惨惨'了？还敌人，敌人在哪里？"

不久就放寒假了。寒假过后，老师不再读我的作文，作文本上的"g"也没有了。每次作文本发下来，我急切地打开，在作文的最后，只有一个潦草的"阅"字。老师不喜欢我了。当他不喜欢了，作文的好与不好也就没有了意义。我不知道，面子是老师的权威，是他最重要的东西。我让他失了面子，我也就失去了一切。面子的重要性，我要在以后漫长的岁月中去慢慢明白。

作文是我的荣耀，如今这个荣耀被老师拿走了。人们不再听到我的文字，老师现在朗读的是另一个人的。他矮矮的，有一个硕大的脑袋。在此之前，他的"大头"还是人们嘲笑的对象，现在，已经成了聪明的象征。原本属于我的作文课，现在变得跟我毫无关系。

只有碗小知道我受到多大的打击，只有碗小支持着我。每次他都认认真真地看我的作文，并且给予真诚的赞扬。

"你写得好，比大头的好。"

他的话给我温暖，也使我终于没有自暴自弃。因为有他看，我才能每次认真地写我的作文。我装着不太在意他的评价，这个我小学五年级时唯一的评价。我甚至装着已经不关心作文这回事了，我只是在暗地里努力，想一切的办法来写好作文，要压过扬扬得意的大头。

嫉妒是一种多么可怕的东西，跟我从来没有任何争执的大头，竟成了我的"敌人"，我藏在心里的"敌人"。

这个"敌人"到今天,过了三十多年了,我还记得他,只是因为他的作文比我的好。

很快就放暑假了。刚一放假,碗小就来找我。放假了,我们就要分开了。我们读的小学只有五年级,下面就要读初中了。我们不在一个中学。我们就要分手了。他送我一只用青篾子做的蛐蛐笼子。我想找一件东西送他,送我这个最好的朋友。我找了半天,送了他一本小人书。

这本小人书已经撕得很破了,是爷爷一页一页粘上去的。我因为小人书跟同学打了一架,我费尽心血收集来的一百多本小人书被父亲在狂怒下撕掉了。爷爷花了几天时间,只粘了这一本。除了这本小人书,我没有一件好东西。

太阳晒得很,我送碗小回家。在我们村和西村之间,有一大片的蓖麻地。蓖麻长得有两米多高,一棵连着一棵,在广阔的田野里形成一个阴凉的世界。偶尔有风吹过,手掌一样的叶子翻动着,阳光一闪一闪,然后又静下来。我们走在蓖麻的底下,像走在森林里。这下面完全是另一个世界,属于我们的世界。各样的小虫和不擅飞的小鸟,不时地在我们的旁边钻来钻去。

"碗小,你长大了要做什么?"我问他。

"不知道,你呢?"

我没有说话。碗小催着问:"你先说。"

"我想当文学家。"

当时的我,并不知道"作家"这个词。我更熟悉的是"文学家"。因为课本里介绍鲁迅是"伟大的思想家、革命家、文学家"。"思想家"与"革命家"我更不懂,但知道当不了,就选了"文学家"。我后来在说起我最早的理想时,说我想当作家,那是因为我已经知道作家与文学家的区别,我已经知道文学家是多么的遥不可及,提也不敢提了。即便是童年的梦,也不能说了。说出来,只有徒增笑柄。梦想就是这样,年少时觉得很近,年龄越大,才知道离你越远。

在无边的蓖麻地里,我们坐在一个小土堆上。我们真诚地谈着我们的理想。碗小说:"我要戴手表。"

他把手举到我面前,指着手腕上一个黑痣说:"你看,这是手表痣。说明我长大了会戴手表。"

他是笃定的。我看了他手上的痣之后,我也相信。

在村子里,只有村长或者从乡里面下来的干部才会戴手表。手表不只是财富的象征,还是权力的象征。跟他的志向相比,我的理想是虚的,空的,缥缈而不实在的。可是这对我和他都重要。我甚至是为了感谢他对我的信任而立了这个理想。现在想来,我们都向对方说了一个没法实现的梦。可是在当时,在夏天的蓖麻地里,我们两个人,都是信心满满。感觉只要从这块地里走出去,我们要的这一切就会实现。谁会想到,出了这个蓖麻地,我与碗小一隔就是三十年呢?上天给了我们三十年,来实现我们各自的理想,可是当我们再见时,除了各自心里累累的伤痕,我们一无所有。

三十年后，我在镇上的澡堂子里见到了碗小。他在给人擦背，我是一个四处奔波的小记者，我们就在澡池子里聊天。我们谁也不好意思提我们当年的理想，那是我们最后分别时说的话，我们都记得。可是我们只能装作对生活很满足的样子。那天在澡堂里跟碗小分别之后，我彻夜难眠，我又想起了我少年时的梦想。我睡不着，我从床上坐起来，披了衣服，到窗口站着。老家的夜是黑沉沉的，一点灯光也没有。远远有几声犬吠，因为夜行人很快就过去了，叫声也很短促。我忽然就流下泪来。我已经好多年没流过泪了，突然就觉得悲从中来。碗小让我看到了真实的自己。三十年前，信心满满，什么都有可能，可是三十年一过，人生的真相就慢慢显现了，你甚至不能在任何人面前表露出你的不甘。你只能这样，装着快活的样子过你庸庸碌碌的生活。

雾气蒸腾的澡堂子里，碗小热情地邀请我去他家，我心情不好，拒绝了。等过了一段时间，我再回来，去找他，可是他不见了。他的妻子跟着一个唱戏的跑掉了，抛下他，抛下他们的儿子。他疯子一样去找她，他一去不返。我不知道这五年来，他经历了什么。现在，他又出现在我的面前。

我们没有说几句话，他也没有像五年前那样请我去他家坐坐。太阳渐渐落山了，隔壁的人们开始收摊。碗小手指上夹着烟，他没有抽。他斜着身子站着，一动不动。烟在他垂着的手指间慢慢燃着，烟灰一点点地增多。

三十多年前,我们在无边的蓖麻地里挥手告别,然后,钻进碧绿无边的蓖麻地,像猛兽钻进森林。此刻,长长的街道上,一阵大风刮起了满天的灰尘,几滴雨落了下来。碗小赶紧收拾他的地摊,我跟他打了个招呼,怀着一种说不清的失落,转身回家。

⑭ 出走

这次出走,对于家人和我,都是猛烈的震撼。后来我一次比一次走得远。

就在我小学毕业的这一年的暑假,我兴冲冲跟碗小谈了我的理想,打算好好干一场的这年暑假,我被父亲毒打了一顿。我无法承受,离家出走了。

这次出走,对于家人和我,都是猛烈的震撼。后来我一次比一次走得远。只要有像父亲那般的强权加于我的头上,我就要摆脱。

半夏河是一条人工河,当年挖河挖出的泥土就堆在村西南的河边上,沿着河,形成一座绵延几里的土山。因为时间久了,这土山上竟长起了各样的杂树和无数的竹子,里面偶尔还会蹿出小兔子和黄鼠狼,是我们从小的乐园。

放了暑假之后,我和小伙伴们每天午饭之前,挖满一篮子猪草了,就来这里玩"打仗"。你追我赶,从山顶跑到水边,再从水边跑上山顶,不亦乐乎。

村里的大人们在小土山旁边的田地里干着农活,农活结束了,喊一声:"回家啦。"不一定是谁喊,可是谁喊了,他的孩子就会第一个撤出我们的"战斗",其余的人再慢慢散去。

这一天是父亲喊的,我正大呼小叫地玩得起劲,父亲喊了好几声,我完全没有听见,还在疯子一般地乱跑。忽然大家都停了下来,目瞪口呆地看着我。我回过头,父亲已经到了我的身后,他扯着我的耳朵拉我回家。

走了好几步,我用力掰开了他的手指,跑开去,找到我装猪草的竹篮子,飞一般往家跑去。

当父亲喊着正在疯玩的我，我完全没有听到的时候，有人挑拨着易怒的父亲说："你看，儿子大了，管不了了吧。"在我挣脱了父亲、一个人跑掉的时候，他们又哄笑起来，父亲觉得失了面子和做父亲的尊严。

回到家的时候，母亲已经烧好饭，看我一身的泥，埋怨道："快去把身上的泥掸掸，洗了手盛饭吃。"

我拿了木桶，正准备放到井里去打水，父亲回来了。他进了屋子，从里面拿了一根绳子，绳子一圈一圈地绕着，一端打个结，另一端散着。握着那个结，这绳子就成了有着许多头的鞭子。

父亲用这鞭子使劲地抽在我的身上，大声吼道："叫你玩！叫你不听！叫你跑！"喊一声，抽一下。

我站直身子，不动，也不说话，任他鞭打。

自从奶奶去世之后，我被打过许多次。虽然我从来不会认错，可是心里每次都会找一个理由，默默承认自己该打，就像我把帽子踩在脚下那样。打完了，就算了。可是这一次，我不觉得我错了。

不是我的哭喊，我没有哭喊，而是父亲的咆哮引来了邻居。有人抢下了父亲手中的绳子，有人把他拉到了旁边。有人说："你看这孩子多犟，跟你爸认个错不就拉倒了。"我手里还拎着小木桶，沉默地站着。父亲被邻居拉走了，人群散去。爷爷走进屋里，又坐到他自己的椅子上。母亲回到厨房，继续忙碌。

背上火烧火燎地痛。我用手摸了一下，一道一道的鞭痕肿了起来。我努力弯下腰，从井里打了一桶水，洗掉手上的泥土，又捧起水，低下头，洗着脸上的汗和眼泪。头顶的知了一声一声地叫着。我把桶里的水倒掉，转身离开了家。

我不知道我要去哪里，我只是想离开家。

我沿着半夏河朝东北走出了申村，一直走到高庄的那座大桥上，大桥底下还是停着许多的船。一个孩子拿着扇子在船头上扇着煤炉，一个妈妈在另一条船上晾衣服，更远的一条船上，几个人光着膀子围坐在一起打着扑克。我站在桥上看着他们，不停地淌着眼泪。

我早已知道妈妈是骗我的，我根本不是从渔船上抱来的。那个我刚刚离开的，就是我的家。那个打我的人，就是我的父亲。我不能对抗他，任何对抗都是忤逆，是不孝，父亲是绝对不可质疑的权威。我能做的，只有逃跑。

我不能总在这桥上站着，我要走，走得远远的，走到谁也不能打我骂我管着我的地方。我沿着河边的路一直往北。天渐渐地黑下来，我一步一步地走着。虽然背上依然疼痛，心里的愤懑却渐渐消退了，我开始想我该去哪里。我十一岁，小学刚刚毕业，我没有吃的，也不知道晚上能睡在哪里。未来对我而言是黑的，是可怕的，可是我宁可走进这个黑色当中去。我走了几十里路，我没有回过一次头。

半夜了，我还在走，沿着河边。四周是旷野，最近处人家的灯光也已经不见了，河上也看不到船。偶尔会听到风里传来奇怪的声音。脚被磨得很疼，我把鞋子拎在手里，光着脚走在路上，越走越慢，影子越拖越长。

下半夜的时候，身后骑来一辆自行车。车子越来越近，骑车的人用手电筒照着我，我回过头，是我的邻居，皮匠"铁头"。

全村人都出动了，听到消息的亲戚们也出动了，人们往四面八方去找我。有人说在高庄的桥上见过我。人们又从高庄的桥往各个方向去寻找。铁头沿着河，一路追了下来。

我不肯跟他回去。他说，要不，送你到俞庄舅舅家吧，你哪天想回去了再回去，不想回去，就住着。

整个暑假，我就住在小舅舅搭在旷野里的瓜棚里。这一大片西瓜地很少有人来。小舅舅给我找来一本破旧的《水浒传》，我就一遍又一遍地看。累了，就到田地里走走，或者卷起裤腿，站在旁边小河的浅水里，看小鱼游来游去。小舅舅晚上才过来陪我，两个人躺在铺着稻草的地上，棚顶上的月光透过稻草的间隙，碎碎地照在脸上。小舅舅跟我说不了几句话，很快就睡着了。棚子门外不时有萤火虫飞来飞去，蛙声一刻不停。我抽出一根稻草放在嘴里咬着，迷迷糊糊里，看到家就在那里，烟囱里冒着炊烟，鸡在门口觅食，可是离我很远，像在一个玻璃的盒子里。

这个世界上，再也没有一根线牵着我了，我成了悬浮在空中的人，飘飘荡荡，无所皈依。

三十年之后，父亲已经常住南京，和我们住在一起。我已经有了女儿。

女儿的小名叫"唱唱"，在南京仙林读小学，一周才回来一次。本该接她的一个周末，我因为有事，就请父亲去校车的停靠点接她。

他是坐公交车去的，下来之后，却怎么也找不到校车的停靠点，父亲借了别人的电话打给我，放下电话，我就火急火燎地赶过去。

天下着雨，我刚到接送点的路对面，校车就到了。雨越下越大，家长们撑着伞，拥在路边上等校车停稳。乱糟糟的人群当中，我看到了父亲。他没有打伞，也没有戴帽子，满头白发湿漉漉地贴在头上，踮着脚，紧张地盯着缓缓打开的车门。唱唱终于出现了，父亲挤过人群迎上去，满脸都是欣慰的笑。他一手接过唱唱的背包，一手把拿在手里的帽子戴上，打开伞，罩在唱唱的头上。这时候，我也走到了他们旁边。

"爸爸，下这么大的雨，你怎么不打伞，帽子也不戴？"

"我怕唱唱看不到我。"

父亲用衣袖抹了抹脸上的雨，领着唱唱往前走。他左边的肩膀已经完全露在外面了，还在把伞朝唱唱身上倾斜。

父亲是和母亲一起来接女儿的。明明我告诉他的站名是对的，可是公交车停下来，却不是校车停车的地方。他让母亲守在原地不动，他往回走，边走边问人。

等我赶到的时候,他已经找到了校车停车的地方,也终于接到了女儿。然后,我们又去接我母亲。

可是到了母亲本该站立的地方,母亲又不在了。我心急如焚,父亲也急得手足无措。南京对母亲来说,是个完全陌生的地方。而且,母亲不会说普通话,又不识字。丢了就真不知道她会到哪里去了。

父亲气得直骂:"让她在这里一动不动,等我回来,她不听。随她去,丢了就丢了,丢了就丢了。"说着,声音已经颤抖起来。

唱唱不停地问:"奶奶呢?奶奶呢?"

我们又沿着路边往回走。雨不大,可是一直下着,父亲这时候还用伞把唱唱护得好好的,我和他的全身都已经湿透。走了一里多路,我看到前面十字路口,有人站在那里踌躇着,看背影像母亲。我飞快跑过去,到面前一看,果真是她。

母亲看到我,立即问:"唱唱呢?"

我说:"接到了,在后面,跟爷爷在一起。"

父亲也到了。

"让你在那里等的呢?你跑什么?你跑什么?"父亲吼道。

"我找唱唱呢。"母亲轻声解释道。

母亲浑身上下都已经湿透了,脸上也全是雨水。她担心父亲一个人找不到唱唱,也一路找过来,完全忘了自己会丢掉。唱唱朝她跑过来,她连忙喊:"不要跑,下雨呢，在伞底下。"

父亲和母亲把唱唱夹在中间，用伞罩着她一个人。

在一个屋檐底下等车的时候，看着他们又高高兴兴地向唱唱问这问那，我的心里变得暖和起来，仿佛女儿就是小时候的我。我就想，如果能把这个情景拍成照片，如果能寄回到三十年之前，就好了。

我就不会那么孤单、那么伤心了。

⑮ 木偶

木偶戏的戏台就搭在这金色海洋的中间。锣鼓敲响之后,无数的男男女女、老人小孩,沿着细细的田间小路,喧哗着,像杂色的河流,从四面八方朝这里涌来。

我上初一的这年春天，村里来了一个木偶戏班子。这是很稀罕的，各家都请亲戚来看戏。爷爷也让我去五六里外的村子喊二姑妈一家。不知道姑妈、姑父有什么事，没有来，只有表妹兴高采烈地跟我回来了。表妹比我小一岁，很懂事，看起来反而比我大。

沿着半夏河，从猪舍门口往西，过了坟园，我飞一般地爬上河边的土山上，往前一看，无边的菜花就像金色大海上起伏的波浪。我向表妹招手，要她上来看。她笑着摇摇头，她怕沙泥灌进她的鞋子里，她不能像我那样，脱了鞋子光脚乱跑。

木偶戏的戏台就搭在这金色海洋的中间。锣鼓敲响之后，无数的男男女女、老人小孩，沿着细细的田间小路，喧哗着，像杂色的河流，从四面八方朝这里涌来。

戏台看起来很高，其实下面围的是一块长长的青色的布。这布有一人多高，正好严严实实地遮挡住操纵木偶的人。这样一来，观众就只看到舞台上的木偶在表演了。木偶非常的多，因为每一个不同的角色就是一个不同的木偶。他们的脸全是不一样的，红的、白的、黑的、花的，一出来，有经验的人立即就知道是谁。每个木偶都会说话。我不知道是那些操纵它的人在说呢，还是另有其人，我看不到。而且，每个角色上台，与之对应的，就是他本应有的声音。上演的是《三国演义》。我跟表妹吹牛，我说，只听声音，我不用看他们人，就知道是谁。表妹就说："这是谁？""刘备。""这是谁？""周瑜。"

其实我也不十分肯定。表妹虽然一一考我，大概她也认不出是谁，然而她觉得我很厉害，这就行。

每一场戏的开头，都有一个人出来报幕。他不只是报个名，"赵子龙单骑救主"或者"群英会蒋干中计"，还要讲一段戏文的梗概。话不多，却句句扣人心弦。整个戏台上能看到真人的，也就这一个人，其他出场的都是木偶。我对他仰慕无比，就跟表妹说："你看，他穿的这衣服多气派。"这人穿着一件洗得发白的中山装，一看就知道是个很有学问的读书人。

他话一讲完，就转身隐到幕后面，锣鼓立即响起来，武将就上场了。武将们的吼叫震耳欲聋，他们可是在真正地砍杀啊，刀枪不断地砍戳在彼此的身上啊，发出爆豆子一般咔咔咔咔的闷响。出场的武将们个个都有自己不同的套路，并不是乱砍乱杀，每个人上场的时候，总要先大喊一声，报出自己的名来："燕人张翼德在此——"台子底下就沸腾了，齐刷刷地喊出一声"好"来。张飞受到鼓励，长矛一挺，立即就挑飞了一个对手。这无名的小卒，在天上翻了几个跟头才跌落下去。有时候台下的人看得来劲了，喊好声此起彼伏，那被喝采的武将就要奋战下去，直到完全打不动了，才停下来。舞台上的这位得胜者，这时候已经是一身惨状：胡子掉了，脸上被砍得斑斑点点，好看的战袍上也被戳了好多窟窿。

对于这样精彩的打斗，表妹虽然看着，却并不十分的投入，不时问这问那，我偶尔才回她一句，我顾不上她。

终于有个场景把她吓着了。

许多的小兵,簇拥着一个花脸的武将,在舞台上耀武扬威。一阵暴风骤雨般的鼓声陡然响起,一个枣红脸的大将一阵风般冲上来,把小兵们撞得东倒西歪,一眨眼,就到了舞台中央。他手里的大刀,闪电一般劈了下去,那个花脸的头当即就被砍了下来,只剩下一个没头的身体呆立在舞台上。鼓声在这一刻,戛然而止,全场都呆住了,所有人都一动不动。长久的沉默,一点声音也没有。突然鼓声再响,哗啦一声,一面巨大的旗帜在这个大将的身后展开,上面写着一个巨大的"關"字。

表妹拉拉我说,走吧走吧。我哪里肯,因为一会儿赵子龙就要出来了。表妹没办法,只好一个人挤出去,站到场边上去看菜花。我只好也挤出来,站在她旁边。舞台上的锣鼓又响起来了,我站得远,踮起脚尖还是看不着,我实在忍不住,就跟表妹说:"你就在这里等我,我到前面去看,看一会儿就回来。"然后就泥鳅一般挤进了人群。

赵子龙的背后背着一个孩子,那个孩子还在不停地哭呢,几乎藏在幕后的所有木偶都出来了,拿着各种各样的兵器朝他又砍又杀。赵子龙舞着长枪往前冲锋,兵士们如波浪般被劈开。他每一次出手,都有一个敌手倒下。可是他们太多了,一波又一波,一重又一重。他从舞台的这头打到那头,又从那头杀到这头,怎么也不能杀出重围。他的头发已经乱了,走起路来也变得歪歪斜斜，可是敌兵还是越来越多。一边是聒噪的喊杀声，一边是女人和孩子的哭叫声，还有一而再、再而三要他投降的喊话。赵子龙一言不发，只是拼着命打斗。台下没有呐喊，也没有喝采。他的枪已经很慢了，可是仍然没人敢逼得他太近，台上的他随时都会倒下。

然后，就是一声"哇——呀呀呀呀呀呀"，张飞出场了。

赵子龙得救了，戏也散场了，我连忙挤出来，表妹还在那里。我陪着表妹往村子里走，顺手从路边的篱笆上拔了一根竹竿当长枪，在手里一晃，嘴里大喊道："常山赵子龙来也！"

表妹看着我笑，我讪讪地把竹竿扔了。表妹说："你到底喜欢那个报幕的，还是喜欢赵子龙啊？"我呆了一下，想了想说，我还是喜欢那个报幕的吧。表妹说："我爸有一件跟那个报幕的人一模一样的衣服，我让我妈找给你。""真的？"我睁大了眼睛。

到表妹家太阳已经要落山了，姑妈看到我，很惊讶。表妹把她拉到旁边，跟她一阵耳语。姑妈什么也没说就进了房间，一会儿出来，递给我一件衣服，让我试试。我试了试，略略有点大。表妹笑着说："很好很好。"我看了看姑妈，姑妈没说话。我说："姑妈我走啦。"姑妈说："吃了饭再走吧。"脸上淡淡的，没什么表情。我说："不了，不了。"快活地转过身回家。出了她家门走出去十多步，回头看了一下，姑妈正跟表妹说着什么。

走了两百多米，我心里一惊，脚停下来，脸火辣辣地烫起来。我不知道我做了什么，我怎么会跟表妹回家？怎么会跑这么远来拿一件衣服？我从来没有问人要过一样东西，我觉得那是丢人的，是不体面的。姑妈没有表情的脸已经说明了一切，她会看不起我。我甚至已经听到父亲对我的责骂："你这个不要脸的东西！"我转过身，飞一般地跑回去。姑妈和表妹看到我又回来，都从屋里走出来。我把衣服递给姑妈，我说："太大了，我穿不了。"然后逃也似的跑了。

其后的几天，我都是一个人去看木偶戏，每当那个报幕的人一出来，我都一阵羞愧。他永远穿着那件衣服。

木偶剧团最后离开申村的时候，只有我们几个孩子守在旁边。那些操纵木偶的艺人，看起来没有一点儿英雄气概，粗粗糙糙的，就像我们村子里的农民。他们手脚麻利地拆了台子，收了围挡的布，露出好些长长的木杆，木杆上密密地挂着那些刚刚还生龙活虎的木偶。木偶扁扁的，一动也不动，像被人抽走了他们身上的活气，全死了。两个裤腿卷得高高的汉子，一根一根把它们抬到一节大车厢里面。木偶们挂在木杆上一晃一晃的，不论是大将军还是小兵卒，都垂头丧气，没有一个回过头来看我们。木偶太多了，我没有找到赵子龙，也没有看到关云长。这样也好，我一点都不想看到他们这种凄凉的样子。

那个报幕的，终于脱掉了那件发白的中山装，因为搬道具热了，脱得只剩下一件圆领的汗衫。拉着大车厢的是一辆拖拉机的头,拖拉机已经起动了,发着"笃笃笃"的轰鸣。报幕的紧跑两步,车厢上的人一伸手把他拉上去。车子开动了,我们跟在后面跑着,只跑了十几步,然后站在路当中,一直看着这满载着木偶的车子消失在金黄菜花的中间。

　　木偶戏班子再也没有来。多少年过去,我也再没想起去买一件中山装。

⑯ 猪草

门前长满了野草,窗上爬满了藤蔓。这里已经成了一个遗弃之地。如果从高空看下来,我就像一个幽灵,正穿过一片废墟。

猪草

我每天放学回家都要去"挑猪草"。挑猪草就是四处去找猪吃的野菜。田间路边，能找到的只有苦菜、车前子、刺儿菜、荠菜、面条菜这样不多的几种，还要鲜嫩的。找到了，要一根一根地拔、细心地铲，放满一篮子，要找好几个小时。家家户户的孩子都在四处寻找，村边田地里的早已挖光，就往更远的地方去。越到后来，越是困难。

起先我还能挖一篮半篮回来，后来就不行了。我没有别人那么有耐心，要弓着腰，在田埂沟边上像探雷一样，半天才找出一根，太累了。可是每天回来父亲都要检查，我没有办法，就在篮子底下摆一些竹枝，上面放两把猪草，这样看起来像是满满一篮子。等父亲检查完了，我把竹枝一扔，洗一洗，立即剁碎了给猪吃掉。猪吃不饱，就嗷嗷地叫。父亲发现了，让我把手伸出来，拿一根长尺子，"啪"的一声，狠狠打下去。

我终于想了一个好办法。总有一些伙伴比较厉害，每天都能挖一篮子。我说，我给你们讲故事吧，讲完了，你们每人给我一把。所谓故事，就是我刚刚从书上看来的《岳飞传》《杨家将》，他们都喜欢听。天黑了，回家了，每人给我一小把，加起来有大半篮子，我就能交差了。

我的另一个烦恼，是每天要摸黑去上学。

中学离我家有八里多路。冬天的时候，天不亮就要从家里走，走到学校，正好敲第一遍铃。我害怕在黑暗中走路，最怕的地方有两处，一处是出村的桥，桥上铺着水泥板，两边却没有栏杆，走的时候心惊胆战，怕一不小心，会掉到河里。每次从桥上走的时候，都是一小步一小步，小心翼翼。直到今天，有时候做噩梦，还梦到这座桥，在梦里也是不敢过去，就趴在桥面上，一点一点爬过去。

过了这座桥，再往前一里多，是一个水洼。这水洼一般是干的，可是一下雨，就要脱了鞋子蹚水过去。其实蹚水还不是最可怕的，真正怕人的，是这水洼周围一大片空地上的土坟。过水洼的时候，四周黑乎乎的，就听到哗啦哗啦走在水里的声音。有同行的大孩子会吓人，尖着声音叫"鬼噢，鬼噢"在前面狂奔，我就跟在后面跑。直到进到前面的村庄，看到有窗户里亮出灯光，鸡也叫了，才停下来。

"罐儿"是我家西边的邻居，比我大两岁，上初三。他憨憨的，又高又壮。他每天早上都从我家门口经过："大鱼儿，走啦。"

"哎，来啦。"

他打着手电筒在前面领路，我紧紧地跟在后面。罐儿一边走，一边讲他收集来的笑话。他还没说呢，自己先笑起来，我也笑。有特别好笑的，我过后还拿笔记下来，过两天给他看，他一边读，又是一阵笑。

有一天放学，他早早就在我教室的外面等我。我一出来，他拉了我就跑："我带你认识一个人，高中部的，文学社的社长。"

罐儿带我来到校门旁边一个又旧又矮的小房子里。文学社长是个瘦瘦的男生，戴着一副眼镜，正用一支铁笔在蜡纸上刻字。看到我们进来，他抬起头朝我点一点，然后又低下来去忙。"喜欢写？""喜欢。""写过什么？""没有，就是喜欢。"罐儿从口袋里掏出几张纸递给他，"他写的，写了好多呢。"文学社长接过去，拿在手里翻了翻。

"写的笑话啊，"他一点没笑，"下周三放学后，我们有活动，你来听听，就在这里。你先来听听。"

我来的时候，小房子里已经挤了七八个人，有男同学，也有女同学。除了一个也很小的同学朝我笑了一下，没有人理我。他们不知道在谈谁写的诗，我不懂，缩在后面探头探脑地听。结束了，各自散去，我在门口等文学社社长。等到了，我也没什么话说，木木地看着他。他说："你有空来，我每天放学后都在这里。"

过了两天，我又过来，社长一个人在，正推着一个涂满油墨的滚筒，用蜡纸在印文章。他一边忙，一边跟我说话。

"读过什么书？"

"《水浒传》《镜花缘》《世界之窗》，还有《林海雪原》。"

说到读过的书，我放松下来。社长说："《世界之窗》是杂志，不是书。"边说边推着滚筒。

我点点头，然后就说刚在这杂志上读到的小说，说着，竟有点眉飞色舞了。

社长忽然回过头，皱着眉看看我："你怎么每句话里都带着脏话？"

我愣住了。

我从来没在意我是怎么讲话的，他一说，我才发现是这样。我每句话里都带着骂人的字眼，说惯了，也不是要骂谁，只是觉得这样讲带劲，舌头一滚就出来了。

我不知道我是怎么从文学社出来的，脸上火辣辣的。这是第一次真正有一个人来和我谈文学，谈我的梦。我饥渴地看着他一次次地推着手里的滚筒，期望有一天，我写的东西也能变成那纸上的蓝色的字。可是一切还没开始，就结束了。之前的我，完全不知道自己的样子，没想到，我是一个充满污言秽语的人，一个让人厌恶的人。我从小是顽劣的，做了许多的错事，我有的无所谓，有的后悔，可从来不知道什么是羞愧。我第一次觉得羞愧，因为他的鄙视是实实在在的，是对的，我无地自容。

我在校门口等着罐儿，等他一起回家。他在操场上打完了篮球，朝我走过来，满头都是汗，"我他妈的个×，就抢了一个球，日鬼了。你怎么样？"

我望着他，一句话也说不出来。

好几天我都不会说话，话到嘴边上了，又咽回来，因为又是一个脏词。这个脏词并没有意义，可是我必得用它引起下文，就像"赋比兴"里的"兴"。好在并没有人一定要听我说什么，上学放学跟我在一起的罐儿也没有发现我有什么不对，他自顾自地说个不停。问我什么了，我就说几个简单的词。听罐儿说的话越多，我就越难过，我终于说："罐儿，我们不要再说脏话了吧。"

罐儿愣了一下，半天没说话，看我一眼："假模日鬼的什么东西，还是我介绍你参加文学社的，文学社就高级啊？"

我没说话。我们默默走了一路。

我们还是一同上学放学，但我们开始混在更多的人里面走。路上只有我们两个人的时候，罐儿也不再有说有笑。我不再说一个脏词，他觉得我变了，变得怪怪的。罐儿还是那样讲话，有时候故意讲得更加粗鄙。我不能再说他，我希望我们还能像以前那样亲密无间。

还有一个多月罐儿就要毕业了，他知道自己考不上高中，可是他并不焦急，也没跟我提过毕业后要做什么，整天还是跟小伙伴们大声地嚷嚷着，胡说八道。他还是嫌我假，嫌我装。可是我们的关系在一点点地回暖。

有一天，罐儿的一个老师搬家，喊了他去帮忙。罐儿很高兴，回来的路上就一直在跟我说话，这是这么长时间来，他第一次这么兴奋地跟我讲这么多话。我觉得我们已经变回原来的样子了，我也高兴，我就跟他说了我的一个秘密。

他知道我用讲故事换猪草的事，他也知道我经常换不到，因为小伙伴们只有丰收了，才肯给我一点。我告诉他，有时候我换得多了，我就会把一半藏起来，埋在我家后面木槿树的旁边,第二天的就有了。罐儿说,会坏掉的。我说没事,就埋一天。

我们一路说笑着,我们已经和好如初。罐儿问我:"你怎么不去文学社了?"我说:"我现在不去,到高中再去。"罐儿说:"也对,不上高中,去文学社也没用。"接着又说:"我是考不上了。"

过了一天,我去挖埋在木槿树旁边的猪草,坑还在,猪草却不见了。每次我都是埋在这里的,被人挖走了。

我不相信是罐儿挖走的,可是又有谁知道这里埋着猪草呢?

之后的一个多月,我们还是每天一起上学一起放学,我跟自己说,不是他,一定不是他。可是只要跟他在一起了,心里又总忍不住会想这件事。罐儿有时跟我说话,有时一句话不讲,我想象的亲密无间,再也没有出现。

罐儿中学毕业了,我们终于没能回到以前。我本来以为,只要告诉他我的一个秘密,我们就能靠近了,我们就可以做回好朋友的。谁知道,秘密反而成了毒药。

放了暑假,罐儿到长江南岸的一个镇子上去打工。他后来就留在了那里,在那里结婚生子。我上了高中,然后去外地打工、流浪,多年后终于落脚在南京。南京离他在的那个镇不远,我从来没去过。罐儿偶尔会回申村,我偶尔也会回去,我们从来没有遇见。不只是他,我的童年的伙伴大部分都见不到了。有的已经离开了人世。活着的,漂在不同的地方。原本过年都要回村里的。

可是近年来，这个传统断了。越来越多的人不回去，越来越多的人把家搬离了申村。他们完全地切断了根，他们不回来了。他们老家的房子还在，门永远关着，锁锈了，门前长满了野草，窗上爬满了藤蔓，这里已经成了一个遗弃之地。当我回来的时候，我仍然一家一家走过来，走在连犬吠也没有的故乡。如果从高空看下来，我就像一个幽灵，正穿过一片废墟。

⑰ 升旗

对于这个仪式,我是虔诚的,我一动不动,眼睛盯着缓缓升起的红旗,嘴里轻轻跟唱着国歌。有时候,有人碰我推我了,我也不理,我仍然笔直地站着。

我的性格在我十一岁的这一年，彻底改变了。我的心里多出了一种愤怒，我痛恨不公正。不只是放在我身上的不公正，我痛恨所有的不公正，并且试图反抗。在之后的这些年中，我总是不由自主地偏向弱势的这一边。这也是我做了将近二十年的记者，只关注那些受到侮辱与伤害的人的原因。我从来不肯为强者的炫耀写一个字。

十一岁之后，我不再无忧无虑了，我的表面上的快乐里有一种悲伤。我觉的我太小了，我必须尽快地长大，长大了，我就能改变这一切了。父亲呢，他从来没想到对我这样一种粗暴的管教有什么不对，甚至认为是最好的、最适合我的方式。就在我上初一不久的一天，在课堂上，我不知道是在做一个什么小动作还是在发呆，总之，没有听到班主任老师的话。她是一个微胖的中年女人，表情严厉，甚至凶狠。她从讲台上走下来，一把揪住我的耳朵，把我拎到了教室的前面。她大声地在五十多个同学的面前对我说："你爸爸跟我说，你要打，不打你就不好好学。"说着，给了我一个耳光。

打完了，她让我回到座位上，就像只是为了完成我父亲对她的嘱托。

此刻，已经是午夜，四周静悄悄的，没有一点声息。在这个小房间里，就在我写下这个情景的一刻，我又觉得我的脸上火辣辣的，我的眼睛里噙着泪水。不是因为老师的一个耳光，而是因为父亲的话。他让所有的人都觉得我是一个厚脸皮、没有尊严的人。刚刚上初一，同学都是陌生的，我本想让他们喜欢我的，想从他们这里得到友爱与夸赞的。可是，再也不可能了。入学的时候，父亲特地去查过我的分数，他很自豪，在班上，我能排到前五名。也就是在查到分数之后，他去找了班主任，就是在他自豪的这一刻，他跟班主任说："你要打他，怎么打都没关系。"他不知道，因为他这句话，我再也不肯学习了，我将成为一个坏孩子，成为那个他们最不希望我成为的样子。

时光已经过去了四十多年，我对父亲自然已经没有了怨恨。事实上，乡村里几乎所有的父亲都是这样。他们见到孩子的老师，说得最多的，就是："不听话你就打，怎么打都行。"老师有了绝对的权威，孩子却失掉了自尊。孩子们从小变得隐忍与屈从，或者叛逆。他们要学会跟这个社会好好相处，将要付出更多，甚至永远学不会。

我从此不爱学习，因为学习是父亲觉得重要的事，我在潜意识里想和他对着干。他越想我的成绩好，我的成绩就越糟糕。然而这少年时代的苦果，将要我用一生去慢慢品尝。

初二上学期的期中考试，除了语文，我没有一门及格。我上课除了偷看小说，就是睡觉。一下课，就生龙活虎，飞纸飞机、盘起腿"斗鸡"、下军棋，还有打乒乓球。

在我们教室的后面，有两张乒乓球台，水泥砌的，台子中间放了一排的砖头，算作球网。想打球的人太多了，每次下课，都要去争抢。我的座位在教室的窗口。

旗

下课铃一响,老师说下课,收拾好讲义,刚一转身,我一把推开窗子,就从窗口跳了出去,拼命往乒乓球台子那边跑。这时候,各个窗口都纷纷跳出人来,一个又一个,来抢这乒乓球台。靠得近了,我手一扬,抛出手里的乒乓球拍,球拍落在水泥台上,向前滑过去,滑过去,好,没有掉到地上。于是,所有人都慢下了脚步,这张台子属于我了。不同班级的同学,都围在乒乓球台的旁边,急切地看着我。我就用手指指,你,你,你,于是这三个人就快活地成为我的搭档或者对手,四个人分两边双打。其余的人,只能一脸无奈地站在一旁观战了。

我常常能抢到这乒乓球台,有许多人都愿意做我的朋友。我把朋友看得很重,有时候我抢到乒乓球台子了,我甚至自己不上场,完完全全地让给他们。站在一旁,我有着一种特别的自豪与满足。可是这种快活,在初二下学期开学不久也结束了,没有了。

我们的学校,每天一早,都要在操场上举行隆重的升旗仪式。

操场很大,稀疏地长着矮矮的杂草,从主席台一直铺到一条横着的河边上。河是学校的边界,向南流进长江,往北通往黄海。

所有人都整齐地排列在主席台的前面。主席台是一个高而开阔的半圆,要走好几级台阶才能上到上面。台子上竖着一根高高的旗杆,背后立着一扇十几米高的屏风。屏风是用水泥砌成的旗帜,像是正被风吹着,突然就凝固了。旗帜的上面爬满了绿色的藤蔓，最高处架着两只巨大的喇叭。

每天一大早，大喇叭先是响起《运动员进行曲》，催所有的人到这操场上来集合。队伍排得整齐了，安静了，喇叭里奏起国歌，两名被选中的学生激动地升起国旗。主席台的两侧，总是站着两个体育老师，他们目光敏锐地监视着台下的学生们，看他们是不是端正肃静。

对于这个仪式，我是虔诚的，我一动不动，眼睛盯着缓缓升起的红旗，嘴里轻轻跟唱着国歌。有时候，有人碰我推我了，我也不理，我仍然笔直地站着。自从上了初中之后，我早上从来没有迟到，因为我要赶这个升旗仪式。听老师说，这红的国旗，还有我们系着的红领巾，都是用烈士们的鲜血染成的。我就想，这么多人戴着红领巾，那得要多少烈士的血啊。我想不过来，也不敢问。然而我知道，升旗是神圣的，烈士们一定会在天空中看着我们。

旁边有人推搡起来。升旗的时候是不能戴帽子的，可总有人忘记。后面的人把他的帽子摘下来，扔在地上。国歌响着，他们不敢吵闹，就闷着声，你推我一把，我推你一把。我侧过脸看了看他们，我蔑视他们。

站在主席台上的一个体育老师，突然朝我们走过来。两个推搡的同学也发现了，赶紧停下来，认真地站好。我幸灾乐祸地想：你们要倒霉了。

体育老师走到我的旁边，什么也没说，一把揪住我的耳朵，把我拖出了队伍。我说："不是我，我没有动。"

他凶狠狠地说："混蛋，还要赖！"

他换了一只手，扯住我脖子上的红领巾，一直把我拉到了主席台上。

我站在高高的主席台上，全校一千多人寂静无声地望着我。我低低地说："我没有动。"

没有人理我。国歌已经奏完了，旗帜也已经升好。大喇叭里面说："第六套广播体操，现在开始。"我觉得烈士们还没有散去，仿佛就站在水泥屏风的顶上，他们生气地望着我，朝我说："混蛋！"

黑压压的人群在整齐地做着广播体操，我绝望地望着他们，我觉得所有人都在嘲笑我，所有的人，都再也看不起我。特别自尊的我，突然就被拿走了全部的自尊。

早操做完了，同学们打打闹闹地从主席台下走过去。有人喊我："走啊，走啊。"我一动不动。我并不是第一个被拎到主席台上的，经常有人被罚站在上面。等早操一结束，他们就会跳下来，混进人群里，继续又蹦又跳了。可是我做不到。体育老师的蛮横与不公正，一点点地瓦解着好不容易在我心里建立起来的神圣感。瓦解的过程是痛苦的，像被人在心上挖一个洞。十三岁的我已经不能哭了，我没有掉一滴眼泪，我的心里充满着愤恨，对体育老师的恨。

体育老师走了，第一节课的上课铃也响了，我仍然一个人站在主席台上。

下课了，一位认识我的老师从主席台旁边经过，看到我了，吃惊地问我："咦，你怎么还站在这里？"

我失魂落魄，像呆子一样，一动不动。

他把我拉下来，带我走到主席台后面的林荫道上，推一推我的肩膀，让我去教室。

从第二天开始，我就再也不去参加升旗仪式了。我一个人坐在教室里，随便翻一本书，不出去排队。班长喊我，我说："病了。"班长知道我是在撒谎，他斥责我，用手来拉我。

我跟他好好打了一架。

他报告了班主任，班主任让我在教室外面又站了一节课。我就在外面站着，稳稳地靠着墙，看树上的鸟儿跳来跳去。

我再也不积极地来学校了，我故意在上学的路上磨磨蹭蹭。有时候进到学校里了，看时间还早，就到教室旁边的小树林里待着。等到同学们排好队，往操场上去了，才一个人溜进教室。

我故意躲开所有的同学，我曾经的朋友们，一个也不见了。我终于成了一个真正的坏学生，一个孤独的坏学生。

我开始疯狂地找书看。有书看了，就可以活在自己喜欢的世界里了。上学的路上，课后休息，甚至上课的时候，我都在看书。

我的课桌上，有一条小小的缝隙，我用小刀扩大了这个缝隙。上课的时候,我把小说藏在课桌的抽屉里,一只手拿着书在下面一行一行地移动。有时候看得太入迷,会被老师发现。老师就会把书搜走。书被搜走了,要赶紧去偷回来。老师把书拿过去,就放在他的办公桌上。瞄准他正好不在了,装作交作业,走过去,拿起书往衣服里一塞,若无其事地出去,千万不能被其他老师看出你的慌张。不能隔太长的时间去偷,过个几天,老师可能会带回宿舍,或者被另外的老师看到,随手就借走了。借走了,就要不回来了。

我对上学已经完全没有兴趣。我不听课,也不做作业。考试了,我就用小刀把橡皮切成一个正方体,在六个面上分别写上"A、B、C、D、E、F",看到题目了,扔一下这块橡皮,哪一面朝上,就选这个字母作为答案。需要写详细答案的题目,我就乱写,乱发挥,写得满满的就行。也许老师不认真看,能给个几分,不给也无所谓。总之,我认真地打发了考试的时间,虽然结果总是不及格。

我经常会在校园里遇到那个体育老师,每次见到他,我都远远地绕开,不跟他碰面。可是每次我都在心里恶狠狠地说:"死了才好。"

体育老师听不到我心里的咒骂,偶尔撞见,他已经不认得我了。

初二结束了,我没有把成绩单带回家,在放学回家的路上就撕了,撒在半夏河里。碎纸片在水面上漂着,漂得很远了，也不沉下去。

回到家里，父亲没有回来。我早早吃过晚饭，爬上床。父亲回来的时候，我面朝床里，闭着眼睛，装作睡得很沉的样子。

过了几天，父亲才想起我的成绩单。无论他怎么发怒，我一句话不说。他发誓说不再让我上学了，让我回家干农活、挑粪。

父亲骑自行车去了学校，他终于知道了我真实的可怕的成绩。

又要开学了，父亲说："初二重读吧，这次好好上。"

我松了一口气，于是重读初二，做了一个留级生。

那个体育老师的女儿，也上了我们学校。可能是刚刚考上的，上初一，以前没有见过。她瘦瘦的，白白的，一点不像她粗壮的父亲。体育老师对他的女儿倒是极好的，经常看他带着她，有说有笑地在校园里走。不知道说什么了，他的女儿追在后面打他，而他笑着、躲着，在前面跑。因为我恨这个人，我就也躲着他的女儿，有时候在路上遇上了，我就扭过头，装作没看到。

第一个学期，我的成绩竟然进步到中等了。父亲来学校开过一次家长会，回家的时候，脸上对我也有了笑容。或许听语文老师表扬了我的作文，这一年的寒假，父亲竟找了几本《少年文艺》送给我，作为我的新年礼物。虽然很旧，我也欢喜。

过了年，再回到学校，发现体育老师不见了，只有她女儿一个人在校园的路上来来去去。有同学说是调走了,我很高兴,永远不见才好呢。

有一天放学了,我在操场上打篮球。球被一个同学扔到篮板上,反弹出去,我跟着追。球直直地滚到了路边,正好有人路过,她用脚一挡,球停下来。我一看,是体育老师的女儿。她两只手各拎着一只大热水瓶,辫子上扎着一根白布条,一脸的悲伤,显得既胆怯,又无助。她的目光只从我的脸上过了一下,几乎都没有看我。球一停,她就又往前走了。我抱起篮球,呆呆地望着她。白布条像针一样扎着我的眼睛。

体育老师死了。

我又一次次地遇到她。她瘦瘦的,脸色苍白,眼神变得怯生生的,像是随时都会受到惊吓。见一次,我的心里就会多一分惶恐,我担心是我的诅咒造成了可怕的后果,我不该那么恨他。三十多年过去,我依然为我当时那种全心全意的恨而害怕。我一直在后悔。

只要死亡发生了,就什么也不能挽回了。死是可怕的,跟死相比,没有一样事重要。

后来,我又遭遇了更多更大的伤害,我却再不敢全心地去恨一个人。我害怕我的恨。即使在今天,我也不知道,恨里面是不是真藏着一种可怕的力量。

每次遇到她,我都想跟她说点什么,可是从她旁边走过了,我立即又低下头,贼一样地跑掉。看她越多,我心里越难过。

我跟父亲说，我不上学了，我不愿意再来这个学校。父亲问不出理由，可是他知道我既然敢跟他提了，就再也不会回去了。他没有办法，答应给我转校。

"要寄宿，住在学校里。这个学校远。"

"没事。"我说。

转学之前，我在操场边等她。太阳一半已经落下去，主席台的水泥屏风、操场边上的梧桐、篮球架，依旧被半个太阳照得一片金黄。这夕阳也照在她苍白瘦削的脸上。她拎着水瓶远远走过来，经过我了，朝我浅浅一笑。

我说："太重了，我帮你拿吧。"

她说："不重。"

我接过她手里的两只水瓶，快步走在她的前面，直到她宿舍的门口，我们再没有说一句话。

第二天，我就离开了学校。

⑱ 龙灯

正是玉兰花开的时候。玉兰开起来像是豁出了全部的性命,满满一树,全是花。

锅头和小秧是两年前结婚的。小秧长得美，出门总有许多人来问长问短。新娘子不好意思，刚结婚的那段时间，就躲在家里不出门。

在她家的院墙上爬满了开着白花的野蔷薇，院子外面长着一棵玉兰和一棵老银杏树。因为院墙低矮，树枝有一多半都伸进了院子。我们几个调皮的孩子好奇，有时候就会爬到老银杏树的树丫上，朝院子里探头探脑，看新娘子。

正是玉兰花开的时候。玉兰开起来像是豁出了全部的性命，满满一树，全是花。小秧踮着脚站在小板凳上，手臂里挽着一只小篮子，正采着伸到她面前的玉兰。我们就喊："新娘子，新娘子。"小秧抬起头，朝我们一笑，还采她的花。

后来我们才听说，她喜欢在煮粥做菜的时候，拌了花瓣吃。还会用晒干了的花泡茶。村子里本来也有人家用花做菜的，譬如桂花、刺槐花、南瓜花，可是不像小秧，似乎什么花都可以吃。春天夏天，在她家的院子里，总放着几个圆圆的竹匾，里面晾着不同的花瓣。如果有人串门，小秧就抓一把，用纸包着，一边送人，一边交待如何入菜。这么一来，大家都知道她烧的菜好。于是哪家有事摆宴席，都来请小秧掌勺。

两年过去了，小秧一直没有怀孕，这成了锅头的心病。

正月十五舞龙灯。锅头早早就去找油爷爷，跟他说，今年他家想"插烛"。所谓插烛，就是在舞龙之前，把点着的蜡烛放到龙嘴里的一个仪式。插烛的人,可以许一个愿。

油爷爷负责村里的油坊,人有学问,辈分又高,所以每年的舞龙由他主持。照理我们应该称他"太爷爷",可是大家都习惯喊他"油爷爷"。

我们村的龙,跟别处的不太一样,是板凳龙。过了年初五,油爷爷就一家家通知,让他们把收藏的龙身子,送到土地庙去。

板凳龙不是完整的一条长龙,是一段一段的。每一段是用竹篾扎成的两臂长的竹笼,竹笼外面糊着一层透亮的防风纸。每段竹笼的下面都固定了一块长条的木板,木板两头有洞,用木棍一插,一段一段就连接起来了。每根棍子要有一个人举,一举起来,就像用板凳托着一条活灵活现的龙,所以叫板凳龙。

龙为什么是一段一段的?油爷爷说它是一条被天帝斩断了的龙。舞龙,是要让它复活。

申村有很多小队。我们小队有三十多户人家,每家每户都要参与到这个舞龙的仪式当中。因为板凳龙平时是分开的,每家藏一段。只有龙头和龙尾放在土地庙里。这么一来,一条龙,就有三十多段。连起来,足足有六十多米长。

我们小孩子每天都往土地庙跑,去看匠人们修饰板凳龙。经过去年的一场狂欢,和一年时光的消磨,龙身上有许多地方都损坏了。

修龙和舞龙的人,都很高兴。因为舞龙不只是祈求龙神保佑,更重要的是能超度无家可归的孤魂野鬼。这是积德行善的事,人人都愿意出一把力气,尽一份心。

不只是我们往土地庙跑,锅头也天天守在土地庙。他不会什么手艺,就给匠人们打下手。爷爷负责修理板凳。其实板凳不太会破损,容易坏的是板凳与木棍的接口,这是重要的机关,不灵活,龙就舞不起来。锅头就拿砂纸帮我爷爷打磨,磨了几下,那边的篾匠又喊,扎龙灯,最重要的匠人就是篾匠。他一喊,锅头就飞快地跑过去。一条龙是不是漂亮、威武,就看篾匠的手艺。篾匠手艺不好,龙的骨架就好不了。龙有没有精神,全靠那身骨架。

"锅头,帮我把这捆竹子劈开。"篾匠说。其实也不一定要他帮忙,出于风俗,锅头今年插烛,他干的事越多,就越灵,大家就不断使唤他。

纸扎匠人古板,脾气不好,他的事不让锅头插手。不过他做事认真,龙身子经他的手一贴,你都找不到纸缝。最显他手艺的,是龙头。龙头平日挂在土地庙的墙上,谁来看一眼,都忍不住夸赞。纸龙怒目圆睁,长须飘飘,嘴里含着一颗大珠子。珠子是空心的,有个小门,打开了,能在里面点蜡烛。珠子的四壁上画着几条小龙,珠子一转动,这几条小龙就像在相互追逐。我们有时会偷偷用手拨这个球,让它转起来,看小龙游动。要是锅头看到了,就会生气地赶我们,仿佛他是龙的守护人。

看守土地庙的是雕匠。他当兵回来，被安排住在这里。本来修理板凳龙用不上他的手艺，跟他没什么关联。可是因为龙头龙尾放在这里，匠人们也要在这里工作，他倒反而成了最忙的人。村民们送米送面，送菜送油，他要一一接下来，招待匠人们的一日三餐。饭不要他做，小秧做。本来小秧就是烧菜的好手，加上今年她家插烛，更应该她下厨。不过每天总有几家的女人轮流来帮忙。她们几个人热闹得很，凑在一起，开荤的素的玩笑，无论她们说什么，小秧只是抿着嘴笑。

整条龙都修补好了，还要装饰，要在每一段龙身上贴上好看的剪纸。村里的女人没有不会剪纸的，过年时各家的窗花都在显她们的手艺。可是贴在龙身上的剪纸很讲究，要八十岁以上的老奶奶才能动剪刀。老奶奶不只是技术精湛，而且因为高寿，吉祥。纸剪好了，要一张张贴好。龙头上的两张剪纸，必须要锅头与小秧贴。小秧贴得好，齐齐整整。锅头粗手笨脚，那一张贴得有点歪。小秧就小声地数落，锅头憨憨地笑，用他粗糙的手不停地抹着。

在修饰板凳龙的同时，土地庙门口的空地上也热闹起来。舞龙不是一件简单的事，既有滚、盘、腾、游、蹿，又有跳、卧、交、绞、旋。这还是个人的动作，因为是几十人一起舞动，要配合好，配合不好，脚步一乱，龙舞得就难看了，所以要先排练。

教小伙子们舞龙的是剃头匠。爷爷说，年轻时候，年年舞龙他都是"龙头"。龙头重，能舞动的人，必须是个大力士。现在剃头匠老了，不上场，做教练。

舞龙没锅头的事，不过他要请舞龙的人吃一顿。人多，三十多人呢，要好几桌，够他忙的。请他们不在土地庙，要在自己家里。正月十四这一天，锅头和小秧就在家里忙。又请了他的哥哥瓦匠、瓦匠媳妇、豆腐匠媳妇、我伯母等来帮忙，都是有儿有女的，这也是讲究。

正月十五这一天，每家的小孩都兴奋得又蹦又跳。早就受到邀约的亲朋好友从午后就陆续过来，村子里人声嘈杂，热气腾腾。

一个三十岁左右的陌生人到村口问路，说是油爷爷请他来吹唢呐的。我正在路旁边玩，大人就指派我："大鱼儿，你送他到土地庙去。"我就领着这个瘦高个儿去土地庙。

我老远就喊："油爷爷，油爷爷，吹唢呐的来了。"

油爷爷从庙里出来，满脸欢笑，招呼吹唢呐的往院子里走。板凳龙就立在院子里，被匠人们一装扮，这龙跟新的一样，色彩艳丽，神气活现。

"锅头，倒碗茶呢，来客了。"油爷爷朝里面大声喊着。

吹唢呐的连声说："不用不用。"说着，从背上解下一个包袱，打开来，里面是三把大小不一的唢呐，每把都是乌黑油亮，擦得干干净净。两人刚在龙旁边的椅子上坐下来，锅头就端着两碗茶送过来，然后也在旁边坐下。

油爷爷跟吹唢呐的交代每一个场景的情形，那人就带着笑，不住地点头。我听得没意思，出了土地庙的院子，沿着河往家走。刚刚过了小木桥，远远就听到两声唢呐，接着又是几声。吹唢呐的在试音，可是就试的这两声，也让人心里一动。

太阳下山了，天慢慢暗下来。吃过晚饭的小孩子举着火把从村子里出来，挥舞着，四散开来。平时是绝不可以玩火的，只有正月十五元宵节，才能用高粱头扎成一个把子，浸上一整天的油，到了晚上，用长竹竿一插，点上火，举在手上到野地里乱跑。举着火把，其实是为孤魂野鬼引路，让它们都跟着火把，一起到土地庙来。站在村口朝四面看过去，田野里星星点点，到处都是火把。孩子们的劲头最足，有人会一口气跑下去三四里。

孩子们举着火把去招呼无家可归的亡灵时，妈妈们拎着竹篮子三三两两也往土地庙走来。篮子里面装着汤圆、馒头、瓜果鱼肉等，家里有什么，就带什么。不过人人都要带一小盆干净的水。

板凳龙已经被人们抬到了土地庙外面的空地上，龙头正对着东方，龙头面前是一张长长的供桌，桌上放着一只大香炉，大香炉的两边，是两根巨大的红蜡烛，人们把竹篮子一一摆在供桌前面的空地上。

看守土地庙的雕匠出来，大声说道："报一下哩。"女人、小孩抢着说自家汤圆的品种。雕匠听得明白，选了八碗。雪白的糯米汤圆是五碗，芝麻汤圆一碗，桂花猪油汤圆一碗，豆沙汤圆一碗，糖芋汤圆一碗，枣泥汤圆一碗。另外三碗是荞麦面做的汤圆，灰灰的，每个有鹅蛋那么大，不好看，吃起来却是十分可口。此外还有一碗荠菜汤圆，一碗青菜豆腐汤圆，一碗鸡肉香菜汤圆。

被选中的这家，小孩过来，双手端着碗，跟在雕匠后面进土地庙，先去敬土地神。

土地神今天不是主角，对他没有隆重的仪式。大家把八只大碗摆在土地公公、土地娘娘面前的供桌上，双手合十，朝他们唱个喏，然后就在旁边等。等土地神差不多品尝过了，雕匠再朝土地神唱喏，让我们各自端上，退出去。这几碗汤圆要一一端给舞龙人和奏乐人去吃。他们已经守在龙的旁边。每人也就尝一两只，因为人多，一圈转下来，吃得光光的，孩子们于是欢天喜地地把空碗拿回去。

最隆重的仪式就要开始了。

主持仪式的油爷爷点燃供桌上的蜡烛，又在蜡烛上点燃三炷香，插到香炉里，退到一旁，说道："点天灯，请龙神。"

乐师们一齐敲响锣鼓。

天灯就是孔明灯。用纸糊成一个口袋，口朝下，口上交叉扎了两根细细的篾丝，篾丝中间绑了一根浸满了油的纱捻子。在土地庙前面广阔的田野里，有十多盏天灯。一人捧着，举在手里，另一人听到锣鼓响起，立即拿火把在下面用烟熏。天灯慢慢有了生命，挣扎着，要从人的手里飞出去。不要急，再等一等，再等一等，天灯抖动着，就要脱手而出了，这时点燃天灯下面的油捻子，点着了，手一松，天灯就冉冉朝天空飞上去。头顶上全是灯，越飞越高，越飞越远，慢慢就变成星星，向龙神送信去了。

锣鼓声一响，天灯飞起来，田野里举着火把狂奔的孩子们就要都往回跑，一起到龙这里会合。这时候，唢呐就吹起来了。

唢呐声里充满着痛苦，沙哑，低沉，悲怆。据说这是向上天呈告人间大地上的种种不幸，请求龙神下凡救助。

"插烛！"等所有人都聚拢过来，油爷爷大声喊道。

唢呐还在吹着。

一支支蜡烛都点亮了，要一一放进龙头和每一段的龙身子里去。龙身子的每一段都有一个小门，蜡烛插进去，龙被点亮，就有了龙性。

最重要的是龙头插烛，锅头和小秧早就等在旁边。

许生子的愿要夫妻两个人一同进行。锅头打开龙嘴中圆球上的小门，小秧把蜡烛插进珠子里，关好门。两个人，一人手里拿三炷香，许好愿，把香插在龙面前的香炉里。巨大的红蜡烛底下，小秧的脸羞得通红。唢呐吹起来，他们手牵手在舞龙的棍子之间绕着"8"字，从龙头钻向龙尾。这时候，鼓乐齐鸣，人们把龙身上每一段都点上了蜡烛，纸龙一下子变成了通体透亮的长长的火龙。

这个插烛的过程中，唢呐要一直吹着，调子要欢快喜乐。人人的眼光都集中在锅头和小秧身上，打扮得格外好看的小秧很不好意思，一直低着头，一眼也不敢往旁边看。

唢呐声中，火龙慢慢扭动着，等锅头和小秧走过龙尾了，一声锣响，龙头往上一昂，抖动起来。油爷爷大喊一声："起龙。"

人们把龙前面的供桌、物品还有敬龙神的各样吃食飞速移开。锣鼓齐鸣，舞龙的小伙子们举起龙，盘旋腾跃着，沿着半夏河往村里进发。

龙走在前面，妈妈们端着小盆的水，不断地用高粱掸子往四周洒水。洒水，既是象征着天降雨水，干旱解除，也是消邪避灾，以雨露祈福。孩子们拎着妈妈带来的竹篮子，把在龙面前供过的汤圆和其他食物，一样一样扔进半夏河，这是献给孤魂野鬼的吃食。

远远看过去，一条六十多米长的火龙矫健地游动在半夏河的岸上，火龙后面是长长的火把的队伍。这个队伍，一直从小木桥延伸到土地庙的门口。锣鼓乐队站在桥头使劲地敲打着，龙走上了小木桥，人们在岸上站住，龙在桥上有一场舞蹈。龙身子里面的灯把纸龙变成了一条透亮神奇的火龙，桥下河水里倒映着火龙盘旋的影子，看起来，好像两条龙在纠缠嬉戏着，火龙与水龙，在此刻完全交融了。

龙过了小木桥,来到仓库门口的晒场。龙在晒场上慢慢地转动着,人群慢慢汇聚过来,把龙围在了中间。锣鼓不断地敲打着,唢呐声也是无比的欢快。忽然之间,声音停住了,龙一动不动地停着,然后就是鼓声,一声接着一声,一声接着一声。当鼓声停下的时候,龙整个身体忽然解开了,变成一段一段的,每一段各自跳跃着,散落在人群之中,又分散到人群之外,只有龙头立在中央,一动不动。

唢呐又吹起来,这次吹得痛彻肺腑。因为看不得人间受旱灾,这条神龙私自降下雨来,这就违反了天规,天帝把它杀了,斩成一段一段,从天上抛落到人间。它的身体痛苦地翻滚着,唢呐声是它的哭泣,也是百姓的哭泣。

这哭泣慢慢变得昂扬了,锣又响起来,像急促的命令。

村里一直围观的男人们听到锣响,一齐出动,四散跑开去,从舞龙人的手中抢过一段一段的龙身子,一起聚回到龙头的旁边,七手八脚,把龙的身子一段一段拼凑在一起。他们真的拼起来了,锣鼓和唢呐重又欢腾起来,龙活过来了。所有的人簇拥着长龙,往村里走去。

这是非常重要的一个环节,不只是龙复活了,四野当中的孤魂野鬼,在龙复活的时刻,同时得到了超度。

那些被人遗忘了的,或者与亲人失散了的灵魂,将永远在野外游荡,他们没有能力改变自己的命运。只有板凳龙,这个被人们复活了的龙神,在元宵节的这天,它将给那里飘荡的亡灵带去慰藉和力量。这一天，孤单的灵魂将在龙神的助力下，重新掌握自己的命运——升天，或者为人。

这是每年舞龙的一个高潮，人们期待着这一刻。因为只有这个时候，不管什么人，不管有没有经验，都可以上去舞一把。大家都抢着上去，舞的人越多，给予龙的力量就越大，龙复活之后，就越有神力。人与龙，在此刻合而为一了，龙就是人，人就是龙。

龙进村了。龙将从每户人家的门口经过，又将在每家的门前做一番盘旋舞蹈。龙来到哪家门口，哪家就燃放起鞭炮。龙走到哪里，如痴如狂的人就跟到哪里，喊着，叫着，跑着，整个村子，几乎都要被这热闹掀飞了。

热闹一直持续到下半夜。龙沿着半夏河，一直舞回到仓库门口的晒场上。锣鼓唢呐停了下来，熄了蜡烛，各家把自家的那一段龙领回去，龙头和龙尾再次送到土地庙。人群像退潮一样，很快就消失在了黑暗当中。

这时候，仓库里已经摆好了宴席，舞龙的、奏乐的、帮忙的，都在这里坐下来，他们终于可以开怀畅饮了。

就在舞龙的这天夜里，锅头的妻子小秧跟人私奔了，锅头疯了一样，到处去找，自己也不见了。他的哥哥瓦匠四处打听，没有一点消息。

舞龙是一年当中最大的热闹，几乎每年都有异事发生，人们不以为怪。可是谁也不会想到，这竟是最后一场狂欢。这年的秋天，土地庙失了一场火，龙头被烧掉了。

纸扎匠卧病在床，已经无能为力。重新制作龙头的事一直耽搁下去，时间一长，放在各家的龙身子，也慢慢毁掉了。

锅头和小秧是在处暑前回来的，离舞龙已经过去了半年。大家又欢喜又兴奋，都来问候。小秧已经怀孕在身，这年年底，小秧生了一个女儿。锅头笑逐颜开，给每户送染得红红的鸡蛋报喜。

有人说小秧是跟那个吹唢呐的跑掉的，只是说说，没人细问。大家更相信是龙神显灵。等孩子满月，家家去贺喜。锅头对女儿的疼爱，超过任何一家。大家觉得他过于溺爱，"太惯"。不过一想到他得子不易，也就不说他。小秧对女儿倒还好，不像锅头那样迁就。她很忙，哪家有宴席，都来请她去掌勺。早早地，她系着一条碎花的围裙，笑眯眯地就来了。

我离开家乡之前，常常见到小秧的女儿。她已经四岁多了，拎了一只小竹篮，沿着半夏河边挖野菜。每次看到我了，就抬起头来，眼睛弯弯地朝我笑。

复活龙神，超度亡灵，这是为死者；向龙神求子，或者求丰收，这是为生者。然而老人渐渐离世，年轻人不断远走，村庄寂寥下来，这个关乎生死的风俗慢慢也就消散了。几十年过去，我离家乡越来越远，每年过元宵节，除了吃几只汤圆，一切波澜不惊。然而我却常常在恍惚中听到家乡的锣鼓声、唢呐声，还有小时候我的呼喊声。我手里舞着火把，在田野里疯狂地向前奔跑着。

⑲ 住校

看着河水发呆的时候,我才突然明白,油爷爷竟然是我唯一可以说话的人。他和我都喜欢有英雄的古代。我们这个世界呢,太平淡,没意思。

初三时转学,离家很远,我就不能经常到油爷爷家去了。

半夏河流进北河的时候,分了一个岔,一端向东,一端往西北。油爷爷的家在往西北去的河边上。他是村里唯一的榨油师傅,虽然他比我爷爷还高一辈,我们还是喊他"油爷爷"。他的家就是油坊,四间草房子。

第一间空空的,中间放了一口半人高的陶缸。靠大门摆着一个小矮桌,边上是两把竹子做的小椅子。油爷爷总是坐在小椅子上,戴着副老花眼镜,一边喝茶,一边看书。他小时候上过几年私塾,认得字,家里有不少的旧书,这在村子里是很罕见的。我常常来,就是想借他的书看。可是不能借了就走,要坐在他的旁边,听他说说。他说的都是几百年上千年前的事,说的那些人,就像都是他认识的,熟得很。"张良这个人哪,就是能忍。能忍才能做大事。"说起他们就像说起我们村上的某个人。

油坊太偏了,没人过来。大半天的时间,就我们一老一小坐着,说些奇奇怪怪的话。

我们聊天的这间屋子算是油爷爷的客厅,后面的一间砌了一座大灶台,可大了,上面放了两口大锅。一口锅上放着一个高高的木甑子,放的时间长了,落了许多灰。油爷爷不用这个灶烧饭,他做饭的灶台小小的,在外面的棚子里。

再后面的一间,靠墙的地方,横放了一根大木头,有五米多长,是棵老榆木,据说还是油爷爷年轻的时候从外省买来的。木头中间有一段挖空了，这叫榨槽木。用稻草扎好的豆饼就放在空槽里。屋梁上悬挂了一根圆木的撞杆，尖的一端朝前，打油的时候，推着这个撞榨槽，油就打出来了，像线一样，流到下面的铁锅里。

最里面的一间是磨房，两扇大磨盘架在房子的中间。木杠子、牛枙和牛的眼罩搁在磨盘上，积了一层薄灰。磨子只有在榨油的时候才用，用牛拉。油爷爷没有牛，要向生产队借。生产队取消后，就跟篾匠爷爷借。

只有冬天才榨油。秋收完了，家家闲下来，就来找油爷爷定时间。

"爷爷，我们家哪天啊？"

油爷爷戴上老花眼镜，翻开一个油乎乎的本子，在上面画一画，抬起头，把眼镜摘下来："'大雪'后一天。"

豆子都是各家自己准备的，一担一担挑过来，蒸油籽的柴火也要自家带。一般都是晒干了的玉米秸，每捆都不重，所以就由孩子们弓着腰，一趟趟背过来。

妈妈在灶上烧火，爸爸去帮油爷爷推撞杆，小孩子呢，可以照看大石磨，拿个瓢，不断朝里面加豆子。

榨油可复杂了，看得人眼花缭乱，只有油爷爷知道先后的顺序和各个环节里的火候，一切都要听他的。一般都是几家合在一起来榨油，每一个环节上都有几个人在忙碌。这拨人榨完了，又来另一拨。人来人往，油坊成了一个香喷喷的、嘈杂喧哗的小集市。我还是常常来，可是油爷爷已经没有时间跟我说话了，他不停地跑来跑去，原本干干净净的一个人，变得油乎乎的。布的围裙因为沾的油多了，发出兽皮一样的光亮。手上、脸上、头发上，都黑油油的。最让我惊讶的是，他这样一个不高也不壮的老人，竟有那么大的力气，那么重的撞杆，在他手里，像一件玩具。一边打着号子，一边跑动着，推过去，撞过去。号子像在唱歌："嗬呀——嗬哈！"而撞击声就是节拍。第一声"嗬"是往后拉开撞杆，第二声"嗬"就是向前猛力撞出了。所以第一声十分的悠扬，第二声就是从肺腑里发出的吼声了。而配合他的年轻人，就跟着这个节奏，使劲地推撞杆。

这个喧闹，要从立冬持续到腊月二十四的小年夜。这几个月里，油爷爷的屋里从早到晚点着一盏油灯。油灯不能熄，这是敬油神的。熄了，再好的豆子也榨不出多少油。油灯放在一根窄窄的贴着红纸的木板上，木板横放在油爷爷第一间屋里的陶缸上。

油爷爷一直在油坊里面忙碌，几乎不到放陶缸的这间屋子里来。每家榨过油了，用桶把油装好，跟油爷爷打个招呼："爷爷，走啦。"油爷爷就朝他点点头："好！"又忙自己的去了。

拎着油走的人，经过这陶缸了，都要朝这缸里倒一些油。倒多倒少，没人看，每个人都知道自己该倒多少。这缸油，是油爷爷一年的收获。

过了春节，油爷爷就不忙了，一直闲到开始榨油的冬天。这几个季节，他也不是全闲着。有时去帮篾匠爷爷照顾大黄牛，有时去帮忙看守晒场上的粮食。有人喊他帮忙了，他就去。无事可做，他就在油坊里待着，翻来覆去地看他的古书。

没几天就开学了，就要离开家了，我把借了好久的一本书拿去还油爷爷。

"怎么？跑那么远的地方去念书？"

"是我自己想去的。"

"要住在学校？"

"学校里有宿舍。"

油爷爷最快活的，就是跟人说秦叔宝、程咬金，说赵子龙。可是除了我，村子里没人听他说这些闲话。每个人都忙，每个人的心事都不在这里。他住得偏，除了偶尔住在附近的剃头匠会过来坐一坐，没人来这里。现在，我也要走了。

天渐渐暗下来。我说："爷爷，我回去了。"

"等等，等等。"他进了里屋，拿出一只扁扁的巴掌那么大的玻璃瓶出来，掀开大陶缸的盖子，拿勺子舀油，装了满满的一瓶。

油爷爷递给我："这次榨的油好，香还不算，醇。学校的饭菜我晓得，找不到一点油星子。"

"爷爷，我不要。"

"给你的，拿着。在外面孤身一个的，不比家里。"

我把豆油带回家，交给妈妈，妈妈埋怨我不该拿。爸爸知道了，又狠狠骂了我一顿，然后跟妈妈嘀嘀咕咕，要拿点什么还回去。

我什么也没说，说也没用，心里一阵难过。

我去上学了，学校离家有二十多里。我是插班进来的，跟任何人都不认识。他们已经同学两年了，彼此都很熟悉，每个人都有自己的好朋友。因为是住校，放学后有大把的空余时间。我装作认真学习的样子，拿一本书，一个人到操场边的河岸上坐着。

看着河水发呆的时候，我才突然明白，油爷爷竟然是我唯一可以说话的人。他和我都喜欢有英雄的古代，我们这个世界呢，太平淡，没意思。现在，我们都没人说话了。

我一直要在河边上坐到天黑，看门的老人敲钟了，才回宿舍。其实也不是敲钟，他敲的是一段铁轨。铁轨就挂在校门口的一根柱子上，敲起来很响，脆脆的，传得远，可是没有余音。

回到宿舍后，立刻就要去食堂打水。每个人有一个热水瓶，洗脸、洗脚、喝水，都靠这一瓶水。不过洗脸洗脚，我们都是接自来水，大冬天也这样。热水只够喝。没有热水，就没办法吃饭。我们只有饭，没有菜，也没有汤。

蒸饭的米要从家里带。每周六的下午回家，周日的下午返回学校，从家里要带一周的米和山芋。我们每个人都有一只不锈钢的饭盒，上面用油漆写着自己的名字。一早起来，用饭盒淘好米，放上水和山芋，送到食堂。

中午下课了，跑到食堂去取。从教室去食堂的路上，几乎所有的人都在飞奔。没有菜，那块和饭蒸在一起的山芋，就是菜。吃得干了，就喝热水。

至于晚饭，和早饭一样。到时候了，食堂的师傅们会在每间宿舍的门口放一桶带米的大麦粥。先抢到勺子的人很快活，因为米总是沉在桶底，他可以先挖一勺。后来的，只好喝薄薄的几乎没有米的稀粥了。这样，中午一顿就重要了，必须蒸满满一大盒。

周日来学校的时候，妈妈用爸爸的一条旧裤子做口袋，一条裤腿里装着大米，另一条裤腿里装着山芋，正好搭在我的肩上。我就扛着，走二十多里的路去上学。最怕的是下雨。一路都是泥泞，每一步都会陷在烂泥当中。只能光着脚走。如果雨下得大了，雨披挡不住，米被淋湿了，就完了，我就得在学校里晒我的粮食。只能在操场上晒。把米铺在一张报纸上，就扔在操场边上，随它去，因为我要上课，我不能守着。鸟儿爱吃多少就吃多少，等晒干了，还要细细地从里面挑出鸟粪。

在我上学一个多月后，有个星期天从早上就在下雨，到下午了，下得更大。学校不能不去，走到半路上，又刮起了风，轻而薄的雨披被卷来卷去，根本盖不住肩上的袋子。原本两个多小时的路，我走了近五个小时。到了宿舍，脱了衣服躲到被子里，焐了好半天，我还一直在抖。这个星期总是在下雨，我没法去晒我的大米。到了周四天才晴朗，可是米已经被泡得发胀了，发出一股难闻的馊味，一定不能吃了。我只好蒸了几只山芋当中饭。

下午本来有课的，英语老师来请大家去帮他割稻子。他的家就在旁边的村上，家里有很大一块地。趁天刚晴，得赶紧抢收，再不割，就来不及了。他一个一个，亲切地喊每个男同学的名字，被喊到的人都很兴奋。他没有喊我，也没有看我，他不认识我。我几次想举手，说我割得好。在家的时候，妈妈还没我割得快呢。可是我没有，我什么也没有做。老师说完了，大家就兴奋地涌了出去，剩下的全是女同学，就我一个男生。我没办法坐在那里，我回到宿舍，宿舍里安静得可怕。我又去了操场，操场上也没有人，旁边的河也是安安静静。我脱了衣服，跳到水里，仰着脸浮在水面上。天上的云一动不动，我就随着水漂着，突然很想家。

这是我第一次想家，眼泪一下子就涌了出来。我不停地用手擦，可是擦过了，又涌出来，我就算了，随它去。我想，我要回家，立即就回家。我有很好的借口，我没有米了，米坏掉了，我得回家拿米。

回家的路仍然不好走，雨把泥土泡得太烂了，每走一步都在打滑。到家的时候，天已经黑了，没进家门，远远就闻到肉的香味。我看到妈妈在厨房里，坐在小板凳上，正往炉灶里添柴，火光照在她的脸上。堂屋里几个人在高声说笑着，有爷爷的，有父亲的，还有两个陌生人。真不巧，家里来客人了。我没有进堂屋，直接去了厨房。妈妈看到我吓了一跳。

"怎么回来了?"

"米坏掉了,我回来拿点米。"

"你看,身上全是泥,去井边上洗洗,洗过了过来。"

"家里来人了?"我看到锅里烧着肉。

"不是的,请了木匠来,给爷爷做棺材。"

"啊?"我吃一惊,"爷爷好好的做什么棺材?"

"他要的。早早做好他心里踏实。"

爷爷最担心的是他死了之后被火葬,他逼着父亲早早给他准备好棺材。这棺材,后来在他的床后面整整放了十年。

我从井里打了水,洗过了脸和脚,从包里拿出鞋子穿上。妈妈盛了一碗饭,在里面浇了一勺肉汤。我狼吞虎咽,几口就吃完了。刚放下碗,父亲过来了。

"啊?你怎么回来了?"

"他的米坏掉了,回来拿米。"妈妈说。

"回来拿米?今天星期四,过了明天,后天就回来了。一天就饿死啊?"父亲瞪着我,"花钱让你上学,你不上,跑回来。你说,你回来做什么?"

我从水缸里舀了一瓢水,倒在脸盘里洗手。

"你说啊,你到底回来做什么的?"父亲朝我吼道。

听到父亲的吼声,爷爷从厅里走过来。

"回来就回来了,你嚷什么?家里还有匠人在。"

父亲接过母亲盛给他的一碗肉,狠狠瞪了我一眼,转身出了厨房。爷爷咳了一声,想对我说什么,终于没说,回过头对母亲说:"还有什么菜没有?"

"还有一个青菜豆腐。"

爷爷点点头,去陪木匠了。我知道爷爷的意思,他是担心菜都端到客人桌上了,我没吃的。

"妈,你帮我装点米,我走了。"我说。

"天都黑了,明天一早再走吧。你再吃点饭。"

"不了。"

"你犟什么,明天早点走不一样啊。"

我不说话,自己走到米缸的边上,打开盖子,拿碗往袋子里装了十几碗。装好了,我坐在凳子上,把鞋子脱下来,重又塞进我的书包里。因为外面的路还是烂的,脚一踩,就陷进去,穿鞋子一步也走不了。

妈妈从靠墙的柜子上拿了个手电筒给我,停了一下,又从柜子里拿出那瓶油爷爷送我的油,放在我的包里。

"每天往饭里浇一点。"她说。

我点点头,把米袋子扛在肩上。

"妈,我走了。"

外面伸手不见五指,漆黑一团。我拧亮手电筒走出去。

走出家门不久,就到了村外的路上。路是直直的,不用看也不会走错。我赤着脚踩在泥泞里,路上走不快,可是脚并不难受,软软的泥,走一步就包裹一次脚,冷冷的、湿湿的,甚至有着一种柔和的抚慰。我是带着一时冲动离开家的,看着手电筒小小的光圈在前面引着路,等过了半夏河上的小木桥，慢慢就平静了。然后，心里没了有难过，没有了悲伤，没有了痛苦。走了二十多里，下半夜到了学校，我拍打着传达室的窗户，看门老人睡眼惺忪地披着衣服给我开了门。我到教室旁边的厕所里面，打开水龙头把自己冲洗干净，回到宿舍，静静地在床上躺下来，不一会儿，就睡着了。

从这一天之后，我就再也没想过家。也因为不再想家了吧，我离家也就越来越远了。

母亲给我的这瓶油我吃了好几个月。每顿在饭盒里只倒一点点，用筷子拌一拌，虽然什么菜也没有，可是香得很。等吃完这瓶油，已经是冬天了。然后就听说油爷爷病了，住到了村子另一头的儿子家。

放寒假的时候，我去看油爷爷，他已经不认得我了。油爷爷是在芒种之后去世的。油爷爷一去世，村里就一个读小说的人也没有了。他去世没多久，儿子拆了老油坊，把那块地用犁翻了一遍，变成了耕地。河岸上什么也没有了，只剩下两只石磨盘，一直扔在半夏河的水边上。

⑳ 斗鸡

从来没人在意我。谁会想到,学期结束了,上最后一节课的体育老师,竟给了我这样一个机会,让我证明了我的存在。

"斗鸡"这件事发生在初三上学期快要结束时。这是最后一节体育课，体育老师也没有心思上课。下学期，初三的体育课就取消了，因为要全力冲刺中考。他把两个初三班的同学集合在操场上。

　　"玩个游戏吧。"体育老师说，"斗鸡。"

　　所谓"斗鸡"，就是一条腿独立着，用手抱着另一条腿，跳跃着，用膝盖跟对手争斗。谁的手松开，脚落到地上了，就算输，不能再上场。

　　体育老师说的"斗鸡"，我已经好久没玩了。以前没转校的时候，放学回家的路上倒是常玩的。小伙伴们分做敌我两派，几十个人，找一块空旷的地方"厮杀"起来，必须战斗到最后一个人。最后这个站立在场上的人是哪一派的，哪一派就获胜。这个游戏非常考验人的耐力、速度和技巧。因为是一条腿支撑着整个身体跳跃着行走，很快就累了。对手朝你冲过来，你的速度不快，躲不掉，就会被他撞翻。如果没有技巧，只凭力气，也是没用的。因为只要失掉平衡，就会跌下来。大家都喜欢玩，因为这是缩小版的"打仗"，我们都是喜欢"打仗"的。这又是一个实现"英雄梦"的好办法，因为到最后，剩下来的，就是特别厉害的人。绝大多数人在开始几分钟，就纷纷"落马"了，都是"炮灰"。真正分胜负的，是最后几个人，或者最后两个人。我们平时玩，都是依照实力，两边均衡地分配人员，特别是一边要分一个实力相当的"大将"，这样斗起来，才有意思。

然而这一次,体育老师是按班来分。所有男生都上场,女生做啦啦队。

男生们面对面排成两排,中间隔了一米,等老师的命令。只有他下了命令之后,才能把一条腿抱起来。

"嘀——"老师使劲吹响铁哨子。

男生们立即抱起一条腿,单腿跳跃着,像骑着一匹暴躁的小马,举着膝盖朝对方冲过去。

只有我一个人,抱着腿,不只是没有往前冲,而是往后一连退了几米,单脚立在战场的边缘上,一动不动,静静地看着他们冲撞成一团。

单脚站立是不容易的,平衡不好,耐力不够,不用别人来撞击,自己累了,就会跌下来。不过我可以的,我算是一个老手。我们"斗鸡"的时候,"大将"都这样,在第一时间脱离混战,以免死得莫名其妙。"大将"的任务是寻找真正的敌手。虽然在这里,没有人封我为"大将"。

才几分钟,胜负已分,我们班的男生全部"牺牲",而对方,我数了一下,还有五个人。

所有人的目光都聚在了我的身上,我还是一动不动。

他们朝我围了过来,就在冲向我的这一刻,我已经看出他们各人实力的强弱,我也朝他们冲过去。我选择的对象是最慢的那一个,一撞,他倒在了地上。我没有停步,立即绕到了他们的后边。我的同班同学发出一声欢呼。

我来回奔驰着,不让他们四面夹攻,在他们追击的时候,选择离我最近的那个下手。

"斗鸡"是极有技巧的。当我在前面逃跑,后面有人冲过来时,要慢一点,等他快要到的时候,他会用腿从后面冲撞你,把你撞趴下。这时,你要突然转过身,并不要全转过来,只转一半,矮下身子,把肩对着他,他抱着腿,那最猛烈的一砸,就砸在你的肩上了。就在砸中的这一刻,你腰一直,用肩一顶他,他立即就会倒下去。

面对面的时候,二人相争,他抱起腿,从高处向你的腿砸下来,一般来说,力气大的都是这样做。他一砸你的膝盖,你往前一冲,脚一落地,就输了。所以当他砸下来的时候,你要把腿往右一闪,让过他,并且立即再往左闪回来,架到他的腿上面,借他往下砸的力气,一压,他就会往前一冲,脚落到地上,输了。

另一种斗法是对方用膝盖从下面猛力地挑你的腿,一挑,就把你挑翻了。当他的膝盖挑到你的腿的时候,你要立即把腿闪开,并且绕到下面,顺着他的力气,用膝盖往上一挑,他就翻身倒地了。

最猛烈的战斗就是膝盖对膝盖、硬碰硬地冲撞,谁的力气小,谁就败下阵来。

现在,我的面前已经剩下最后一个对手了,是一个高大的胖子。他只是缓慢地朝我压过来,像坦克一样,我所有的花招对他来说,都失去了作用。他没有任何变化,就是直直地向前碾压,遇到你了,就用膝盖狠狠地砸,砸痛你，疼得你受不了。我一步步朝后退着，他不急不忙地向我逼近。我已经浑身是汗，腿也没劲了，麻木了，跳不动了。

因为我的孤军奋战，并且一连斗倒了四个敌手，激起了同学们心里的热情，他们本来已经失去希望了，现在，所有的男生女生都在朝我大喊大叫，为我鼓劲。

我转过身，单腿跳跃着，踉跄地逃离这个庞大的追击者。场边上的喊声都停了下来。我脱离了对手，对手依然在缓慢地向我移动。

我站着，我已经站立不稳了，身子摇摇晃晃。我长长地吸了一口气，突然朝他冲过去，就在靠近他身体的那一刻，我跳了起来，把身体腾到了空中，落下来，我没有落在地上，而是把整个身体都压在了他的身上。他站着，使劲想用腿把我顶下去，可是他只是把我的身体往上微微地升高了一点点。

两个人僵立不动了，我听到他嘴里发出巨大的喘息，他的脸上已经满是汗水。

四周鸦雀无声。

"嗵"的一声，他坐倒在地。

我就站在他的旁边，体育老师吹起长长的一声铁哨。我赢了。我缓慢地、艰难地松开手，把一直抱着的那只脚放到地上。

同学们朝我跑过来，把我围在中间。我已经站立不住了，身子一歪，坐到了地上。体育老师喊："把他架起来走一走，不能坐。"

两个同学赶紧一左一右架着我的胳膊，带着我在操场上慢走。我走到哪里，同学们就跟到哪里，围着我说着，笑着，如众星拱月。

下课了，快乐的人群慢慢散去，我一个人走出校门，走到旁边的一座小小的水泥桥上，靠栏杆站着。冬日的夕阳洒下金色的跳跃的光，从田地里归来的人们，扛着锄头，挑着空担，说笑着，三三两两从我面前走过。我的左腿又胀又痛，心里却有着说不出的快活。我对着每一个从面前走过的人莫名地笑着，他们对我一无所知，他们一点儿也不知道我是一个英雄。

整整一个学期，在这个陌生的学校里，我沉默寡言，安静地在人群之外看着他们的热闹，从来没人在意我。谁会想到，学期结束了，上最后一节课的体育老师，竟给了我这样一个机会，让我证明了我的存在。

几天之后就放寒假了，整个寒假我都处在激动之中。我盼着早点开学，早点回到我的班级。全校的学生都已经知道我了，初三有个"斗鸡大王"。

开学了。

可是，他们已经忘了，不记得我了。那场惊心动魄的"战斗"离现在，中间只隔了一个寒假啊，竟然再也没人提起了。

我有几次故意提起"斗鸡"这个话题，可是没人接话。他们不是有意轻慢我，他们是真的不在意这个。

再过几个月就要中考了,考上了,就可以上高中,考不上,就回家种地。所有人都明白这个道理,大家都在用功。我这个英雄,只做了一节体育课的时间。

过去了三十年,我努力回忆我在这个学校里的一切,我只记得这场"斗鸡"。我记得同学们把我围在中间,对着我又喊又笑。这也是我这三十多年来,荣耀的巅峰。

㉑ 补丁

我细心看过班上每一个同学,也有同学穿了有补丁的衣裳,只是补丁很小,或者很隐蔽,丝毫不引人注意。不像我的补丁,那么大,那么明目张胆,从远处看过去,像一只怪兽的巨眼。

"还捧本书,做什么样子呢?"身后突然传来父亲冷冷的声音。

我家屋后面有棵杨梅树,枝叶繁茂,撑起一大片树荫。我搬了一只凳子坐在树底下看书。其实不是书,是一个大本子,我自己用线缝的,这是我初三抄了整整一个学期的《唐宋词选》。中考结束,我一直抱着这个厚本子在看。头顶的树枝上结着累累的果子,我摘了一颗,正放在嘴里咬,听到父亲的话,我没有抬头,拎了板凳往家走。杨梅虽然红了,却没有熟透,酸得牙都要倒了。父亲跟在我后面,我就一直含在嘴里,没有吐出来。

"高中你肯定是考不上,趁早学门手艺,以后也好混口饭吃。"

我没有接他的话。上初三之后,父亲就不打我了。我的个子已经和他一般高。他仍然鄙视我,不断地用语言羞辱我,他恨铁不成钢。

"我跟铁头说了,你就跟他学做皮鞋。以后穿皮鞋的人肯定会多。他现在带好几个徒弟。"

第二天我就去了铁头家,铁头是我的邻居,就是几年前,在我离家出走后,那个骑自行车找到我的人。

我没来得及学会做鞋,我只在他家待了两个月,之后就接到了高中录取通知书。在学做皮鞋的这段时间里,我认识了一个叫蓉儿的姑娘,我的心里第一次冒出了一种朦胧的情感。我发现在女孩的身上,有一种令我心动的东西,让我眷恋,却又手足无措。许多年之后,我把这段难以言说的情感写在了《一个一个人》里。自从那个暑假之后,我就再也没见过蓉儿,大概此生也不会见到了。

拿到高中录取通知书后,母亲洗了两条灰色的"的确良"裤子,一条是父亲的,一条是我的。两条裤子的屁股后都有一个大洞,要补。父亲的那条改一改,也给我,这样我就可以换着穿了。平时都是母亲自己补的,因为我要上高中了,补得太难看不好,她让我去找"裁衣",请他帮忙。

"裁衣"原先是我们生产队的小队长,田地分给各家了,生产队解散,小队长重又捡起自己的手艺,做回裁缝。

"裁衣"的家靠半夏河很近,沿着河岸走就到了。河里面已经有好些孩子在里面玩了,天太热。他们完全把自己泡在水里,只露了头在外面。头也不能被太阳晒,就摘一片荷叶顶着,偶尔扎个猛子下去,荷叶就孤零零地漂在水面上。岸边上的老奶奶大声喊着:"上来,上来。"她是我的邻居,罐儿的奶奶。她坐在大柳树底下的小板凳上,手里拿着芭蕉扇,偶尔才摇两下,眼睛紧张地盯着水面,怕他们出危险。

"奶奶。"我从她的旁边走过。三十多年过去了,这个奶奶现在还在,每天坐在家门口等人去看她。可是村子里的人已经越来越少,有时候,一天也等不到一个人。可是那时候热闹,村子里每天都人来人往,孩子也多。她看不住她的小孙子——罐儿的弟弟,一眨眼,他就跑得无影无踪。她就整天坐在河边上,守着,怕他会到河里玩淹死。

"哎呀,大鱼儿啊,到哪去啊?"她问我。直到今天,我还记得她的样子,她看着我,脸上有种古怪的羡慕的神情。

"找裁衣爷爷。"我举了举手里的裤子。

"你看这些没出息的,就晓得泡在水里疯,一个个晒得黑不溜秋。有你一半好就阿弥陀佛了。"

我红了脸,赶紧跑掉。我考上高中的消息,已经满村皆知了,他们当我有出息了。

"裁衣"在屋门口,正用一把木锨翻着晒在地上的粮食。

"裁衣爷爷。"我们一向这样喊他,在他当小队长的时候也是这么喊。

他抬起头,看到我手上拿的裤子:"大鱼儿啊,来来来,到屋里坐。"他放下手里的木锨,从旁边井里打了一桶水,洗脸洗手。

"听说你考上高中了,好啊,是读书人了。"他已经很老了,满脸都是皱纹,头发全白了,声音也不像以前那样洪亮,然而神情变得十分的慈祥。

我帮他从墙角抬出缝纫机,放在堂屋的中央。他揭开盖在上面的一块薄布,又从抽屉里拿了一个小莲蓬一样的铁皮盒子,捏一捏,在机头的几个部位滴了几滴油。

"这两个洞厉害啊。"裁衣爷爷仔细研究着两条破旧的裤子,"就是屁股后面磨穿了,其他还好。一补就好。"

我自己带了一块布,这是做这两条裤子时多出来的,一直留着,就是预备着做补丁的。他把那块布裁成了四片,在裤子后面比比画画,又用剪刀剪得圆圆的,跟两瓣屁股差不多大小。他缝的补丁的确跟母亲缝的不一样。母亲只在补丁的周围缝一圈,针脚也大,如果补丁太大了,会不平整。裁衣爷爷是从里往外缝,缝纫机"笃笃"地响个不停,中间一个小圆,像蚊香圈一样,慢慢向外扩展开来,在最外面一层合拢。缝好了,用手摸一摸,挺挺的,像在裤子上加了一层漂亮的铠甲。

整个下午,裁衣爷爷就在忙着给我改裤子、打补丁。他的眼睛老花了,戴着一副有裂纹的眼镜,嘴里跟我说着话,眼睛眨也不眨地盯着手上的活儿。全部做好了,他还不罢手,又细细地查看一遍,终于看到又有两处小破损,赶紧缝上。

我说:"裁衣爷爷,好了吧。"

"等等,要熨一下,熨一下就平了。"他从一个架子上拿下一只铁熨斗,掀开盖子,在里面放了两块木炭,用火柴点着。

木炭的火腾腾地烧起来,裁衣爷爷不管它,把它搁在桌上一个小铁架上。他出去端了一碗水来,把裤子平平地铺在桌面上,喝一大口水,"噗"的一声,喷在布面上,拎了熨斗,在上面一走,立即就冒出了水汽。被他这么来来回回一熨,裤子立即变得有模有样,完全像新的了。

裁衣爷爷把裤子叠得方方正正的，递到我手上，点点头说："开学的时候再穿，就有上高中的样子了。"

开学了。高中离家有十多里，在南边一个小镇上，仍然需要住校。住校好，可以离开家。班长、各门学科的课代表，都是按照成绩指定的，只有体育委员，老师让大家毛遂自荐。我立即举手，说我行。

"好，你就先代理，过段时间正式选。"

这是我学生生涯中唯一一次担任学生干部，虽然只做了三个星期。

我是多喜欢这个职务。天不亮我就起床，早早赶到教室，等人来得差不多了，我就喊："集合了，集合了。"男生女生，立即从教室出来，站到走廊上排队。我领着队伍一路跑到操场上，在操场上兜圈。

每次跑步的时候，都是女生在前面，男生在后面。所以领跑前，我都要到厕所里，用水把头发梳得整齐了，把衬衫扎在裤腰里，出来时，就显得格外精神。在操场上跑圈的时候，不能只是呆呆地领跑，要有花样，偶尔转过身，倒退着，一边跑，一边嘴里大声地喊"一二三四"，大家就跟在后面喊。每次晨跑结束了，嗓子都要哑好半天，我太大声了。

开学两周了，男生们已经打成一片，男生与女生还是不来往。如果哪个男生与女生说话被看到了，就会有人起哄。我是从来不跟女生说一句话的。有一天，我们在操场上已经跑了好几圈，速度越来越慢，天终于亮了。

我又身子一旋，转过来，退着小跑。刚一转身，就看到有女生朝我嘻嘻地笑，看到我了，又装作若无其事。等跑步结束，我悄悄把浑身上下检查一遍，可是没什么异样。

这样的嘻笑，在接下来的几天里，因为我的格外留心，又几次见到。仿佛她们看到我背后有个奇怪的东西。我喊着"一二一"的口令，一边跑，一边下意识地用手摸摸后面。我突然摸到了屁股后面的那两块补丁，硬硬的、像铠甲一样的补丁。我的脸腾一下涨得通红。

这一天，我细心看过班上每一个同学，也有同学穿了有补丁的衣裳，只是补丁很小，或者很隐蔽，丝毫不引人注意。不像我的补丁，那么大，那么明目张胆，从远处看过去，像一只怪兽的巨眼。再走近，这巨眼还是一圈一圈的复眼。

在此之前，我对穿什么样的衣服没有丝毫的概念，长一些、短一些、肥一些、瘦一些，都无所谓。我不知道美，也不在乎丑，完全浑沌一片。当早晨的黑暗慢慢褪去，阳光从东方照过来，我裤子后面的两只大补丁清晰地呈现在同学们眼前的时候，我突然一阵羞愧。

这羞愧是长大的标志。也许每个人一生中，都有这样一天，陡然间一道闪电，劈开懵懂。如果没有少年时那电闪雷鸣的唤醒，浑沌了此一生，固然没有痛苦，也便没了快乐。现在我醒了，心里有个眼睛睁开了，这就是另一个世界了。在此之前，我只是一个容易冲动的孩子，我不懂得大自然的美，更不会去在意异性的美。我虽然读了很多的小说与古典诗词，可从来没有把它们与我的生活联系起来。小说对我最大的影响，就是跑到村外的田野里，拔一根篱笆上的竹竿，当成"赵子龙"或者"岳飞"的枪，舞得像车轮一般，在庄稼地里左冲右突。那么多年下来，不但英雄气概没有一丝一毫的增加，还糟蹋了许多好好的庄稼。现在，在我脱下那条打着硕大补丁的裤子时，所有我读到的文学上的美，立即注入我的心灵，并与我融为了一体。我发现了我。

㉒ 唱书

来的人把手里的马灯一盏盏挂到柱子上。柱子底下大伙儿已经搬来了小桌子、小椅子和小板凳。桌子上堆着瓜子、爆米花和炒得裂开了口的蚕豆。

奶奶的坟前用土垒了一个长条形的平台，算是供案。清明节来祭扫的时候，可以把瓜果素食摆在上面。因为平日没人过来，上面总是长着杂草。就在我上初三的这一年秋天，爷爷偶尔从这里经过，发现这平台上竟然长出了一颗很高很大的蘑菇。这么大的蘑菇是很少见的，爷爷觉得是个异事，就去找北村的阴阳先生。

阴阳先生听爷爷一说，都没有翻书，就说："大喜啊，这是华盖。老太太保佑，子孙要发达呢。"爷爷一听，乐得合不拢嘴，赶紧回家跟父亲说。

父亲将信将疑，也不好扫爷爷的兴，就照他的意思，让母亲做了一碗素什锦，一碗青菜豆腐，一碗手撕茄子，都是奶奶在世时喜欢吃的，端去奶奶坟前祷告。

这是一件机密的喜事，不宜声张。爷爷没事就到附近转一转。也就过了七八天，蘑菇忽然不见了，一点影子也没有，被人摘走了。爷爷回到家，气得手直抖。父亲劝他说，就算是华盖，长出来了，也是报个信。摘了就摘了，不会碍多大的事。爷爷不听，到处去问是谁摘的。

摘蘑菇的人终于被爷爷打听到，是"跟斤儿"。

"跟斤儿"是我二爷爷的小儿子。村里的人，孩子刚出生了，就用秤称一下，秤砣只能往外打，大概是多少就多少，而且要整数。好多人就用这个数字做孩子的小名。村里有人叫"六斤儿"、有人叫"十斤儿"。因为"跟斤儿"生下来时的斤两，正好跟前面有人一样重，不好重名，就叫"跟斤儿"。

跟斤儿已经是三十多岁的人，平日总是嬉皮笑脸，没个正经，整天敞着衣衫，无所事事地拎着一副象棋，到处找人玩。不过他的棋艺的确是好，村里几乎没人下得过他，他就更嘚瑟了。爷爷见到他，有时会训他几句，让他多下地去做点活，不要无事忙。他对长辈倒是格外尊重，爷爷一说他，他垂了头，大气也不出。听说是他摘了蘑菇，爷爷火冒三丈，立即就找到他家门上，把他狠狠责骂了一通。跟斤儿看到这蘑菇长得好，摘回家喂猪，丝毫没想到，竟犯下这么大的错，吓得脸色发白，一句话也说不出来。二奶奶拿了插门的木杠要打他，爷爷劈手夺下来，往地上一扔，气哼哼地回了家。

二爷爷、二奶奶几次来向爷爷赔罪，爷爷理也不理。没办法，他们让跟斤儿到北村去找阴阳先生，问问还有没有化解的办法。

阴阳先生听跟斤儿一说，劈头盖脸一阵大骂，骂完了，叹口气："放在古时候啊，你要被人家打死。你晓得这华盖是什么？出将入相啊。要多大富贵，才能配得上华盖？你倒好，手痒。这是坏了运哩。要把运转回来，我是没办法。这样吧，腊月里头请人来唱一场书，喜庆喜庆，至少能保人家平安。"

"唱书"是什么呢？就是用唱的方式说书。虽然扬州离我们很近，可是我们这里不时兴那样的说书方式，大家喜欢听唱。

父亲不让跟斤儿请人唱书，跟斤儿再三不肯，二爷爷二奶奶也来说，拗不过，只好同意。不过父亲坚决不让提什么华盖的事，唱书就唱书，就说爷爷和二爷爷想要个热闹。

腊月的天黑得早，晚饭刚过，家家户户的窗子里就透出了灯光。

"走啊。"屋外面有人在招呼。

"走。"屋里人应一声，门吱呀一声开了。村里的小路上，影影绰绰已经有一些人提着马灯沿着半夏河往仓库走去。

仓库是一排五间的草房子，结结实实，里面没有墙的间隔，十几根木头柱子支撑着屋梁。因为再也没有要储存的东西，变得空空荡荡，看起来格外的大。来的人把手里的马灯一盏盏挂到柱子上。柱子底下大伙儿已经搬来了小桌子、小椅子和小板凳。桌子上堆着瓜子、爆米花和炒得裂开了口的蚕豆。男人们都站着，手里各端一只玻璃茶杯，嘴上叼着烟，扯着嗓门聊天。小孩子们在桌椅间钻来钻去，又打又闹。人还没有来齐，唱书的先生"小聋"就进来了。

"聋叔，吃得怎样？"有人热情地招呼。

"好！"小聋答道。我本以为他叫"小聋"，是因为耳朵不好，哪知道谁跟他打招呼他都听得到。

"聋叔，喝点儿没？"

"喝了，喝了点儿黄的。"

"没喝白酒啊？"

"喝白的？大伙儿听的就是我打呼噜了。"

"那才好听呢。"有人接口道。

大家轰地笑起来。

小聋边说边朝北墙那张"英明领袖华国锋主席"的巨幅画像走过去。画像贴在这里已经好些年了，上面有个角耷拉下来，边角上结了蛛网。听说他已经不当主席了，现在谁当主席，大家也弄不清，不用贴新的，也就没人去把这旧画像揭下来。画像底下放了一把椅子，椅子前面摆了一张八仙桌，小聋在桌旁边坐了下来。

桌子的另三面都没有放椅子，一张桌子，由小聋一个人独占着。桌上放了一把白瓷的大茶壶，壶边上放着一只带盖的瓷碗，碗里已经泡好了热茶。小聋把手里的家伙放到桌上，右手是一面菜盘子大小的铜锣，左手是一块惊堂木。

小聋掀开茶盖，轻轻嘬一口，像是在酝酿情绪。

跟斤儿端着一簸箕的熟花生挨桌子劝着送着，因为是他家请的唱书，大家都给他面子，送到面前了，就抓一把。从另一个方向端着筛子在人群里走的，是我的母亲。虽然父亲不让声张，但毕竟是为我家请的唱书，母亲说要送点吃食，图个吉庆，说不定能把运气转回来一点呢。

母亲的筛子里是她刚做好的米糕。米糕方方小小的，有火柴盒那么大，上下两片合在一起，每片上都印着"福""禄""寿"等吉祥的文字，既甜且糯。不用说，刚出锅的时候，我就已经吃了两片。

等人群在这样好吃的吃食面前，一个个拿了或者谦让过了，只听到"橐"的一声，惊堂木轻轻一响。

"……程咬金、罗成、单雄信，各路的英雄好汉，来给秦琼秦叔宝的老母亲祝寿，这秦叔宝没有认出程咬金——"

说着，小聋右手敲起了小铜锣，这铜锣一响，就是唱书开始了。"铛铛铛，铛铛铛，铛铛，铛铛铛，铛、铛、铛。"小聋唱道："太平郎！只听得一声吼，如平地起春雷。"他一拍惊堂木："黑压压，满屋了的人头啊，鸦雀无声。一根针，一根针掉在地上也听得清。"锣声又起来。就这样，伴着锣声、偶尔的惊堂木声，小聋一路唱了下去。

小聋边唱边说的，是《兴唐传》，这是爷爷点的，他觉得这个吉祥。不过并不是谁都爱听唱书。先是老奶奶，等乱跑的孙子孙女儿瞌睡了，一个个在怀里歪歪倒倒的，就悄无声息地抱出门去。之后就是妈妈们。面前的小桌子上堆满了吃食，可是那些男人们，只顾竖着耳朵听小聋渐渐高昂的唱腔，一口都没吃。整个仓库里，静得都能听见旁边人的呼吸。如果谁捏开一颗花生的壳，那声音就特别的刺耳。妈妈们既要悄声地耳语，又想吃点零食，就总是招来旁边男人不耐烦的、喉咙里发出的轻轻的一"嗯"。她们就觉得没意思，于是三三两两，也就出门而去。

夜已经很深了，仓库里剩下的几乎都是男人。靠前坐着的，是几位老爷爷。爷爷和二爷爷坐在正中间，旁边是篾匠、雕匠、小队长和剃头匠。他们靠在椅子的背上，眼睛微微地闭着，像是睡着了。可是等小聋唱到关键的地方，锣也停了，惊堂木也不拍了，他突然停下来，不唱了，端起桌上的茶杯，轻轻喝一口。这样一个不大的空白里，整个仓库里没人发出半点声音，大家都屏住了呼吸。这时候，老爷爷们的眼睛忽然就睁开了，可是他们还是不动，直直地望着前面。随即，小聋的铜锣又敲了起来，男人们松下神经，开始咳嗽、喝茶，动一动屁股底下的凳椅。老爷爷们呢，又放心地，轻轻合上了眼皮。

小聋的唱书并不完全是唱，唱里有说，说中带唱。有时候是唱一句，敲一声锣，唱一句，再敲一声，让你的心都提到嗓子眼了。有时候又是一口气唱长长一段，唱完了，再把手里的锣缓缓敲个半天。这时候，大家心里的弦儿全松了下来，呼一口气，在慢悠悠的锣声里，温习着刚才的那一幕幕。

窗户里渐渐透出了光亮，公鸡叫了。小聋把手里的惊堂木在桌上轻轻一拍："明晚我们接着说。"唱书一唱就是三天。

有人吱呀一声，推开了仓库的大门。门外雪白一片，好大的雪，风一吹，大片的雪花呼呼地直扑进来，屋里的暖意一下就被吹散了。一夜的英雄世界，就在这一瞬间，消失了。

整个村庄全被大雪覆盖了，包裹了。黑黑的一长队的人，从仓库门口的路向村子中间延伸出来，慢慢地，又消散在各个白色屋顶的下面。许多凌乱的脚印，留在了积满了雪的小路上。

村子重又静了下来，村外空阔的田野成了无边无际的银白世界。两只黑狗，玩着、闹着，沿着半夏河越跑越远。

三年之后，我高中毕业了，外出打工，在无锡先做木工，后来做油漆工，居无定所，很长时间之后才给家里写了一封信。爷爷忽然发作："大鱼儿本来好好的，现在弄成这样子。这个跟斤儿，从来不做好事。我家的华盖长在那里，他拔掉做什么？唱书，唱书，唱书有个屁用。"

㉓ 诗人

我给这个女同学写了好些诗,可是没有一首能打动她。三年高中,我们只说过一次话。

有一天，我走在教室前面的长廊里，一个同学靠着木柱子笑吟吟地喊着："poet。"这是他刚学会的单词。我回过头，看看后面，没有别人，他是在喊我。我没有理他，装作没看到他。

他们已经知道我给女同学写诗的事了，他们从此就叫我诗人，拖着长长的调子，嘲讽地喊着"poet""poet"。

我给这个女同学写了好些诗，可是没有一首能打动她。三年高中，我们只说过一次话。那是一个清明节，在烈士陵园，说的话只跟烈士有关，没有一点儿浪漫气息。高中毕业之后，我还偶尔听过她的消息，每次听到，心里总是一动。那是我最早爱上的女孩，跟对蓉儿那种模糊的情感不一样，很强烈。在我这个年龄，再回头说这样的话，是不害臊的。可是在当年，我给她写了那么多的诗，全都是离题万里，从来没敢写上"爱"这个字。

因为她，我喜欢上了诗。人们喊我诗人，虽然他们是在嘲讽我，虽然我从来不答应，但我认为我就是一个诗人。我每天都在抄诗、写诗。我自己做了一个厚厚的本子，封面是一层布，平平地糊在一张硬纸上。内页都是白纸，裁得整整齐齐。我借了铁头叔的锥子和针线，把本子缝得漂漂亮亮。在这个本子上，我抄着北岛、顾城、杨炼和江河的诗，抄着余光中和郑愁予的诗，也抄惠特曼、普希金、波德莱尔和里尔克的诗。所有我觉得好的，我都抄在本子上。我把他们的诗抄在正面，我自己写的，抄在每一页的背面。

我还抄过法国诗人拉马丁的一首《湖》。对他的印象，就是这么一首诗。"由着这波涛不停地流向远方，直把我送往无垠的长夜……"

每个诗人都有自己的桃花源，就像情人们总能寻找到自己的伊甸园。我在自艾自怜的爱情无望之后，忽然在校园背后的小河边找到了我的诗兴。除了上课，我就在此流连徘徊。

在学校的背后，有零零落落的四五座草房子，草房子周围是棋盘一般的菜园。一小块一小块的，各家地里长得都不一样，有青菜、辣椒、茄子、西红柿，也有不多的薄荷、金针或者围在田埂里的芋艿。芋艿的田地就靠近小河了。我们每天早上和傍晚都会走过这些田地，走到河边上，沿着小河，一边走，一边读书。

小河的岸边长着并不浓密的芦苇。有时候我们会拔出芦苇嫩嫩的芯，嚼一嚼，吮吸里面的甜味。我读了马拉美的那首《牧神的午后》之后，也尝试着给自己做一管芦笛。可是只能发出"呜呜"的声音，从来不曾召唤到什么精灵，倒是引起一些在河滩上淘螺蛳的鸭子的注意。这些鸭子并不全是对主人的家庭忠实的，它们偶尔会把蛋下在水边的芦苇丛中。我捡了几次，后来又把它们放回了原处，我不知道该拿它们怎么办。我甚至认为，这些蛋，是某些鸭子故意遗忘在这里的，它们会抽空把蛋孵成小鸭。

这小河的河面算得上是宽阔的。附近没有桥，桥在很远的地方。对岸是空阔的田野，偶尔有人会牵了牛来河边上喝水。大多时候都是静悄悄的，毫无声息，像是另一个世界。

河面是宽的，河水却是浅的，可以看到河底的水草缓缓顺着水流在摇摆。然而大部分的水面并不这样空着，水中央长着荷叶，靠岸的地方，被人们围了一些小方块，方块里长着荸荠或者茨菇。这些都是我喜欢的。有时候，我会脱了鞋，光着脚走到这浅水里，用脚去踩泥里它们刚刚长出的果实，踩到了，心里就有着说不出的高兴。我不能把它们挖出来，因为挖出来，一整棵就没有了，他们的主人会看到，会生气。如果在收获的季节，正巧碰到主人们在挖了，你只要在旁边站一站，他们就会殷勤地拿几只给你。他们知道我们是学生，是知书识礼的高中生。他们会说："吃吧，好好读书，上大学。"

我就在这河边上行走和发呆，甚至许多个夜晚也在这里流连，听蛙鸣，看星星点点的萤火虫。我像个写生的小画家，我把这一切，都写成了诗。

我在小学的时候，就跟同学说过我的理想，我想当一个作家。好几年过去了，上高中了，我还没有写出一篇作品。没想到最先写的，倒是诗。那个女孩，我送诗给她的女孩，不知道她读了没有，不知道她有没有拿给别人读。我再也不敢把我写的诗给任何人看了。我每天写着诗，自己读一读，然后，工工整整地誊写到我的这个大大的粗糙的诗本之上。

我是个有野心的人。在写了一年多的诗歌之后，我开始偷偷地抄下那些发表诗歌的报纸和杂志的地址，我想投稿。

这是个只有一条街的小镇，街就在学校的门口。学校的大门是两扇铁栅栏，上面用铁丝加了个拱。拱上写着我们学校的名字。门的一边是传达室，里面是一个戴着老花眼镜、永远在看报纸的老人。他不太管进进出出的人。在他面前的窗户外面，夹着一封封信。惦记有信的人，常常会把脸凑过去看。

传达室在校门的西边，再往西，是一望无边的田地，街到我们这个学校就结束了。校门的东边，是各式各样的店铺。街不宽，两边都有店，店主人站在各自的门口，隔着街就可以聊天。什么店都有，烧饼店、农药店、肉店、服装店，等等，一直开到这条街东边的尽头。尽头横着一条大河，河上有一座大石桥，桥正对着这条街。过了桥，就又是绿绿的无边的田地了。

我们当然每天要在这条街上逛来逛去，可是这些店铺全都跟我无关，唯一与我有关的，是邮局。

邮局不在街上，要从街面上一个小巷子进去。巷子口的墙上，有个醒目的邮局的标志。小巷子进去不远，就会看到一座单独的房子，门口一棵高大的七叶树。七叶树开花的时候特别好看，像满树悬挂着点着白焰的烛台。邮局的大门就在树底下。

坐在柜台后面的是一个女孩，跟我差不多年纪。女孩的眼睛里总带着笑,她抬起头,伸出纤细的手,递给我一个信封、一张邮票。我就在她的面前,把誊写得工工整整的诗,叠好,塞进信封,然后在上面写上杂志或者报纸的地址。贴好邮票,递回给她。她带着笑看我一眼,接过去,丢在她身后一个大筐子里,然后轻轻地朝我点点头,轻得几乎看不着。我也点点头,转身离去。整个过程当中,我们不说一句话。

最后的大半年里,我每个星期都来寄一封信。直到我毕业了,要离开了,我们也没有说过一句话。然而她每次都会对着我轻轻一笑。这个笑,是在变化的,同样一个笑,里面有着不同的内涵。在这微笑里,我们越来越熟识,我们越来越友好,我们越来越亲密。这个每周一次的轻轻的笑,成了我不断写诗、不断投稿的动力,虽然我从来没有发表过一首诗,也从来没收到一封退稿信。

这个每天坐在柜台后面的女孩,每次从我的手里接过那厚厚的信封时,她不知道这里面的诗,许多是写给她的。也许她知道就是写给她的,她一定知道。因为从我回答给她的、更为热烈的笑容里,她已经明白了我是如何地爱她,而她呢,她的笑容也回应了我的爱。我们已经心心相印,只是我们不说一个字。

毕业了,大学当然没有考上。我在离开故乡之前,又去了一趟这个小小的邮局。我已经忘了我是为什么骑着自行车出来的。我已经在外面逛了一天,突然就想来邮局看看。

　　排在我前面的是一位老奶奶。老奶奶有无数的问题在问她，她细声地一一回答。我想不到寄一封信能有这么多的问题。我也想了好些问题，想一会儿去问她。可是轮到我的时候，看到她对我热切的那一笑，我立即就张口结舌了。我看着她，把钱递给她。她像往常那样，递给我一个信封、一张邮票。我不敢看她的眼睛，就紧紧地盯着她递给我的那只手。手指细细长长的，像是要透明了。指尖上有一抹淡红，像是害羞的脸。我接过来，我把一首没有任何发表希望的诗投给了一家杂志。整个小小的邮局里只有我们两个人。我把信递给她，她接过去，她的嘴唇动了动，像是要对我说什么，可是终于什么也没说。她转身把信投在了后面的筐子里。我还在柜台前面怔怔地看着。她看看我笑了，笑容与之前完全不一样，无比的灿烂，像在画板上突然画出了一颗金黄色的太阳。她也看出来我想说什么，可是我什么都没说。听到门外有人走进来的脚步声，我转身走了出去。

　　到了门外，到了七叶树的底下，泪水突然涌出来。我知道，我再也见不到她了。

　　三十年一晃而过。今天，在我又想起她的时候，我的脸上依然会带着甜蜜的笑容。就像我刚刚从七叶树下面走过，跨过门槛，她从柜台的后面抬起头来，那样的年轻，那样的美丽，那样甜甜地朝我微微笑着。她永远在那里，无论我将变得如何的苍老，她都是这样。

㉔ 落榜

离开这个学校,至今已经三十年,我是一次也没有回去过,甚至想也不愿意想。不过学校多年前就关了、拆了。

落榜

高考结束了,我到学校去看榜。许多脑袋都凑在报栏前面,没有人说话。这是一所落后的乡村中学,90%的人都不可能考上。可是明确知道自己再也没学上了,心里还是很失落,很茫然。和我要好的三个同学都没考上。

志远、王杰、文进和我,都是学校文学社的骨干,经常会在学校的油印刊物《雏凤》上写点东西。我们在高三的时候成了好友。我们是下午到学校去看分数的,看完之后,大家都不愿意回家,就想在外面这样荡着。学校里也是一分钟都不愿待了。这个学校跟我们再也没有了关系,我们是不会回来了。回来做什么呢?回来只有痛苦。它让我们成了失败者。对于失败者而言,它就是最好不要去碰的伤口。离开这个学校,至今已经三十年,我是一次也没有回去过,甚至想也不愿意想。不过学校多年前就关了、拆了。

我们四个人,就这样漫无目的地骑车上路了。或许是太厌恶乡村了,太想摆脱这一切,我们不自觉地就朝县城的方向骑过去。那里有我们向往的生活。

我们骑到半夜,看到路旁边有个高大的麦秸垛,就停了下来,把自行车靠着草垛放着,爬了上去。

四个人,挤在一起坐在草垛的顶上。天顶上的星稀稀落落,显得天更加灰暗。对于未来,就在几个月前,我们还有着不切实际的幻想。当时的我们,快活地坐在一大片的麦田当中,一边听着布谷鸟的鸣叫,一边侃侃而谈。十年过去，二十年过去、我的耳边总听到这布谷鸟的叫声。听到了，就像我的青春还在、我的激情还在。

那天夜里，我们就坐在这草垛的顶上，发着呆，年少的轻狂已经从我们的躯体甚至灵魂里飞散了。

王杰是我们几个里面写文章最深刻的。他说："我哥哥在常州拖板车，过两天我去看看。"

"你去做什么呢？"志远问。

"去了再说吧，好歹先有个地方落脚。家里反正是不能待了。"

"你呢？"志远问我。

我摇摇头，没有说话。我没有地方可以去。不过王杰说得对，家里是不能待了。高考之后，父亲就没问过我的成绩。我估计他再也不会问了，他对我早已绝望，他现在连看都懒得看我了。

"我想去北京。"志远说，"我不相信一辈子就这样完了。在哪里混口饭吃总没问题。要混，不如去北京混。地方大，说不定就有出头的日子。"

大家又说了几句，突然之间又觉得无话可说了。我们之间年龄最小的文进突然趴在草垛上，抽泣起来。大家想安慰他几句，可是什么话都说不出来，眼泪在各自的眼眶里打转。

我们就这样默不作声地一会儿坐，一会儿躺，慢慢天就亮了。天一亮，各自分头散去。

几年之后，我在无锡遇到了志远。他没有去北京，他在无锡一家工厂当门卫。我在江南大学的江南书屋打工。江南书屋倒闭之后,他又一次陪着我,在屋顶上看了一夜的星星。其他两个人,三十年了,至今未见。

我们四个人分手之后,我继续往北,去了姜堰县城。我这是第一次去县城,只觉得街道很宽很长,有太多的巷子。问了许多人,才找到新华书店。书店不大,几乎没有人。柜台后面的营业员是一个胖胖的中年人,头已经秃了,脸上没有表情。我大着胆子问他,能不能把书拿出来让我一看。我实在不知道该买哪一本,我都没看过,我不知道哪一本好,哪一本不好。我只能买一本。

"拿哪一本?"他说。我指一指。

"不要弄脏。"他又说。我赶忙点头。

我就厚着脸皮,赖在书店里请这个没表情的营业员递书给我。我先看简介,看完了,再简单翻看里面的内容,喜欢了,就多看两眼,不喜欢,赶紧递回去。看了三本,营业员不肯再拿:"看好了,要哪本再拿。"

我恋恋不舍地站在柜台边上,不敢再请他拿给我看。我就隔着玻璃看一本一本书的封面上的书名、作者名。站了许久,我咬咬牙,下了决心,指指一本封面上画了一座彩色房子的书:"我要这本。"

这本书叫《小城畸人》,价格也不贵,才8角3分。买回去的当天晚上,我就把这本书读完了。读完了,心里空落落的,既说不上喜欢,也说不上不喜欢。

我没有读懂。

可是我一直带着这本书。二十年后,我已经是一个开始厌倦自己工作的记者,有一天,我又从书架上看到了它。那是夏天的一个午后,下着大雨,外面黑沉沉的,偶尔一个闪电,像要把天空撕裂。我坐在客厅里,重又把这本书读完。读完之后,我决定不再抱怨我的一事无成。第二天,我开始了写作。

第一次去县城,我在城里面整整逛了一天,买了一本二十年后才重读的书。这个县城的样子我现在已经完全忘了,记得的,只有一个出城时的画面。我已经走出好远了,回过头,那一大片灰暗的楼房正慢慢沉没在夕照当中,由明,渐渐变暗。天色已经暗下来,前面的大道上,空荡荡的,一个人也没有,一直伸进无边的黑暗。我的心里一阵惶惑和失落。在当时,在之后,我总觉得这场景有着某种寓意,是我人生的一个隐喻。许多年之后,我又做过几次这样的梦。就是这样一个场景,城市就像一张灰色的铅笔画。我在外面,能清楚地看到这画中的每一个细节,可是画里没有生气,一切像静止的。我四处碰壁,孤立无援之后,站在城市的边缘。我进不去城里,城外又无处可去,心里一片茫然,只觉天地之大,却无我立足之处。

㉕ 离家

母亲背对着我,蹲在"水马儿"上搓洗着衣服。"水马儿"像一座简陋的栈桥,贴着水面浮着。一块长长的木板,一端连着岸边,一端伸向河面。

我打定主意，明天就离开申村。

我去找母亲，我要跟她说，我走了，我要离开家。

母亲去半夏河洗衣服了。

母亲背对着我，蹲在"水马儿"上搓洗着衣服。"水马儿"像一座简陋的栈桥，贴着水面浮着。一块长长的木板，一端连着岸边，一端伸向河面。顶端装了两条木腿，直直站在河水中。近岸的水很浅，我脱了鞋子，卷起裤腿，走到母亲旁边。等母亲把衣服洗好了，我接过来，拧拧干，放在她旁边的木盆里。

"妈，我要出去。"

"你到哪去？"

"去江南。我有同学在那边，说能帮我找到事。"

母亲用棒槌捶打着衣服，半天才说："走就走吧，在家也不是个事。安顿好了，就写信回来。"

立秋已经过了，天还是热。母亲回家去了。我觉得烦躁，脱了衣服，跳进河里，往北游去。靠岸的浅水里，有人在用脚踩河蚌，有人弯着腰掏螺蛳，还有人用长长的竹竿在捞水草，热热闹闹的。有几个小孩子突然从远处冲过来，腾空跳到河里，吓人一跳。

我越游越远。出了村庄，河两岸都是广阔的田野，一下子就安静下来，河水变得很凉。我在一棵大柳树底下上了岸，在树下坐着。

河对岸是村子。最近的房子是左前方的剃头匠的家。静悄悄的，看不到人影。右边对岸的远处原本是油爷爷的家，油爷爷不在了，他的油坊也拆得干干净净。那里早就是一块田地了，和周围的田野完全融在一起，完全看不出他的家曾经在那里。不过如果走到近处还是能看出来，因为靠近他家的河滩上还扔着两片石磨盘。在这无声的宁静中，我觉得我已经离开了村庄，离开了家。我是在一个遥远的地方看着它。村庄不只是与我隔着河，而是隔着千山万水。我的心里空落落的，有着一种说不出来的孤独。

父亲早出晚归，在我高考之后，几乎没和我说过话。村子里也没有我的伙伴。跟我差不多年龄的人，很少有人上高中的，他们初中毕业之后，就外出打工了。我在村子里无事可做，我必须离开。可是我到哪里去呢？我跟母亲说，我到江南去。上海？苏州？无锡？还是常州和镇江？要么去南京？哪里我都没去过，哪里也没有人等我。并没有一个同学在为我介绍工作，我只是为了让母亲放心才这么说，我只是为了母亲能让我赶紧离家才这么说。我在家已经是度日如年。

我是在这里出生的，我在这里长到了十八岁。可是这里已经不需要我。极为有限的那点土地，父亲母亲耕种就行了。在家做个农民是没出息的，人人都看不起，我自己也不愿意。我从来没想过要留在这里。一直以来，所有人都说，好好上学，上大学，做城里人。

唯有考上大学，才能做城里人。考不上，去城里也没用，你进入不了。这一点父亲知道，母亲知道，全村人都知道。去城里，只能做点苦活儿，挣几个钱，回到乡下来结婚，再生个孩子，一生就这样子了。不去城里呢？不去就没有地方可去。没有年轻人在乡下待着的，除了傻子和残疾人，他们走不掉。最不济的二流子，也要到镇上浪荡去。

母亲说，父亲在求人，想安排我到乡里做一个通讯员，还送了礼。找的那个人是他的表弟，他是乡里的文书，曾经拿了一张县报给我看他写的一个"豆腐块"。文章的题目叫"鸡蛋滚滚来有源"，写我的伯父和他的同伙怎样挨家挨户收购鸡蛋。他让我好好看，说有机会了，可以试一试。文书大概就是在乡里写写画画的人。通讯员当得好了，就有机会升成文书。这是我愿意做的。可是他终于没能帮上忙，说没有空缺。

父亲又把我塞到申村小学去代课。上课才半个月，休假的老师又回来了，虽然他的病还没大好。他刚刚从民办教师转成了公办教师，怕人家说他一端上铁饭碗就懒下来。他一回来，我只好又回家。我代的课是小学三年级的语文。每次讲完课，我都给他们讲一段故事。《木偶奇遇记》或者《绿野仙踪》，他们都听呆了，就很喜欢我。可是等他们老师回来，一考，成绩都下滑了许多。父亲更气了，恨铁不成钢。他跟母亲说："不用说没岗，有，他也干不了。煮熟的鸭子，他就剩了一张嘴。"那位急匆匆回来教书的老师，一年多后，咽喉癌发作，很快就去世了。当时的我，已经在无锡做木工。我是再也不会回来了，也没人让我回来。

七月、八月、九月，父亲虽然对我不理不睬，可是他对我的前途还是不死心。他骑车去了高港，那里有个"口岸中学"。他找到了帮忙的老师，答应收留我去复读。父亲很高兴，在家里跟母亲商量着，向谁谁去借钱，凑出我复读的学费。

我跟母亲说："我不去，我不复读。"

我觉得再复读一年，我也考不上大学。我想自己找一条出路。

风吹在身上已经有些凉意。我游回对岸，找到衣服穿上，回家去收拾我的行李。

第二天离开家的时候，天还没有大亮。父亲推了独轮车把肥料送到地里去了。他虽说是小学教师，家里的重活儿都是他做。每天一早都要做一个多小时的活儿。晚上放学回家了，也要去地里。听到他推着的独轮车吱嘎吱嘎远去了，我背了包从房间里出来，到厨房跟母亲告别。母亲烙了好几张饼，用袋子装着塞进我包里。又从碗橱的抽屉里拿出几张票子递给我。"你爸让我给你的。家里就一百块钱，你算着点花。"我默默接过来。十八年来，我没挣过钱，我身上一分钱也没有。

出村子要经过伯父的家。伯父和伯母已经在家旁边的地里干活，他们看到了我。

"大鱼儿，你到哪里去啊？"

"我出去。"我用手朝前指了指。直到这个时候，我还不知道我到底要去哪里。我只知道我要出去，要离开这里，而且，永不回来。

事实上，我还是回来了，虽然是在多年之后。等我再回来，伯父已经不在了。后来伯母也去世了。那天早晨，他们站在满是露水的庄稼地里，一直朝我望着。我已经走得很远了，我回过头来，看了看我的村子。伯父和伯母还在那里站着。

他们站立的地方，现在已是他们的坟地。旁边的，是他们住了一辈子的屋子。门锁着，窗户上爬满了藤蔓。门口水泥地的裂缝里，已经长出了半人高的野草。

我过了半夏河上的小木桥，步子越走越快，像有人在后面赶我。

我从镇上的小站上了车。说不上是一个站，只是路边一个电线杆子。车子来了，在这里停下，人就上车。车窗前面的一张纸牌子上，写着它一路会停靠的几个地点。我一个个地读着这些陌生的地名。

汽车开动了，后面扬起一阵烟尘，小镇，小镇背后的我的村子，立即被灰尘淹没。卖票的人走到我面前："去哪？"

"无锡。"我说。无锡是这辆车的终点站。

多少年后，我站在时光的另一端，一次又一次地回想到这个时刻：十八岁的我，怀着盲目的希望与隐隐的不安，离开了申村，正爬上脏兮兮的长途汽车。汽车扬起了灰尘，灰尘遮住了通往故乡的路。十八岁的我，决然离去，并且打算一去不返。

现在的我，与这个十八岁的年轻人，几乎没有多少相同的地方了。我写这个三十年前的往事，就像写另一个人。只不过我更了解他，我会不由自主地带着同情，带着悲悯。我知道他将往哪里去，他会经历什么，有多少痛苦在等着他。可是他一无所知。他对即将面临的生存忐忑不安，对未来却是满怀信心，他一心想着前面会有个大前途。

去无锡的这一天，我不只是清楚地记得每一段历程，甚至记得那天的阳光、那天的嘈杂、那天窗外的一片又一片的风景。那是我第一次真正看到一个广阔无边的世界。

长途汽车一路向南，过了靖江，开到长江边了，停下来，那时还没有江阴大桥，车子开上了轮渡。所有人都从车子上下来，站在轮船上。我第一次见到了壮阔的长江。滚滚的江水，让这船、这船上的汽车、这汽车旁的旅人，变得如此的渺小。可是这江水，又把人的心带往无穷的天际。

长江、铁道和庞大得无边的城市——在我面前展开。这个世界是如此的新奇，刺激着我，吸引着我。我心里的惶恐渐渐被兴奋占据。再也没有人管制我了，我可以为自己做每一个决定。陌生的世界，为我敞开了大门，我正在走进去。那里面有我想象的一切。我的命运就要改变了，我的人生将变得有声有色。最重要的，是我可以成为我自己了。

在申村的时光就这样结束了,永远结束了。当时的我就想着,只要走出这个村子,就会有很多可能。这一步跨出去,命运就变了。我不知道等待我的是什么,我不知道外面的世界是怎样的广阔,又是怎样的严酷。可是我愿意把我的生命扔进这个未知的世界。

后记①

后记

许多年过去，流淌着半夏河的村庄一点点地消失。我已经不太做关于故乡的梦，可是却一直在做另一个梦。

满世界都是雨，什么也看不清。世间的一切都被雨虚化成了背景。

在这样的雨里，一个破旧的站台，像是被遗弃了，自暴自弃地立在荒野里。站台的顶是铁皮的，雨打在上面，"嘭嘭"的响着，没完没了。顶子和四根光溜溜的圆柱子，刷着红色的漆，因为时间长了，变得暗黑并且锈迹斑斑。

我总是在这个站台上等车，可是我不知道我要去哪里。

去哪里呢？去哪里呢？我着急地问自己。

每次都是，车还没有来，我就急醒了。

直到今天，每隔几年我就会做一次这样的梦。做得多了，在梦里也怀疑是梦，就跟自己说，咬自己的手腕，如果不疼，就是梦。咬了，疼。

只有无处可去到绝望了，我才会醒过来。

梦里的这个站台，是我在无锡时做的。我有很长一段时间，在江南大学的一个校办工厂里做汽车的站台。我只是工人们的一个帮手。他们偶尔会让我用电焊枪焊几个接口，大多时候，是用刷子把做好的站台的架子漆成红色。一遍又一遍地油漆。我的脚曾经在抬这铁的站台的时候被砸过，一瘸一拐了一个多月。这段受伤的时间里，我干得更加卖力，我每天都在担心会被辞退。于是这个站台的样子，就刻进了我的梦里。

我到底想去哪里呢？我不知道。我只是在走。我从申村来到无锡，从无锡又去了广州、珠海、上海、北京，后来在南京待了许多许多年。然后，我又辞掉了南京的工作，漂到了巴黎。在巴黎漂了几年了，心里还是一样的孤独与茫然。在梦里，还在想着下一个去处。可是命运跟我开了一个玩笑，我最想去的，竟然是那个我一直在逃离，我曾发誓永远不再回去的我童年、少年时的家乡。

去年的夏天，我开车去鲁昂，一出巴黎，就看到一个又一个宁静的小村，像被时光遗弃了，默默地坐落在草地与林木的深处。教堂的钟声不紧不慢地响着，一幢一幢灰色的房屋，聚集在这塔尖高耸的教堂周围。所有的窗户底下，大门外的墙边上，都开满了鲜花。阳光透过村中央的泉水池，波光闪现在旁边的长椅上。不远处一群老人，认真地玩着滚球。滚球场的旁边是从塞纳河淌来的小河。小河绕着村子走了一趟，又到远处去跟它汇合了。河边高大的橡树底下，高水车的巨轮已经不再旋转，轮木上爬满了苔藓。风里传来牛脖上的铃声，牛群越过羊群，正向草地的深处走去。

这是几个世纪来，几乎没有变动的图画啊，我只要略为修改，就是我想象中的中国故乡的样子了。

可是这毕竟不是我的中国故乡，这只是我思乡的一个影子罢了。在很久之前，我就把故乡丢了。现在，人到中年，又要把它找回来，太难了。走到哪里，看到一丝仿佛故乡的样子了，就高兴。可是我那个真实的故乡，已经在时光里消散了，找不回来了。

我当然希望在这个世界上再能找到这样一个地方。如果一时找不到，那就暂且安放在这文字当中吧。它可以在文字之中安睡，也可以被思乡的人，在任何时候唤醒。

在不久后的某一天，或者遥远的未来，如果听到有人沙沙的翻书声和轻轻的叹息，我将带着欢喜和他招呼，领他去我的生命河的河畔漫步。你看到的半夏河，河水永远清澈，倒映着又美丽又忧伤的过往，一个少年的时光在这里不停地往前流淌。

"滟滟随波千万里，何处春江无月明。"如果说世界上所有的河都是相通的，某一天，当我们走在异乡的河边上，看到一段激流、一朵浪花、一圈圈荡开的波纹，也许就是从多年之前的，故乡的小河流淌而来。当我们踏进这条河的时候，是踏进别人的岁月，也是踏进自己的乡愁。

写故乡的半夏河，也不只是为了乡愁。每个人都有自己的半夏河。这个半夏河，因为流过去了，因为留在时光之中，才这么美好。岁月会把苦难的一切柔化和过滤，然后贮藏在心深处的一个一个小抽屉里。当你再次翻阅的时候，这些小卡片上，更多的是深情与温暖。人要靠着这记忆的美好来对抗粗糙的现实、焦灼的心绪和纠结的情感。

现实的热浪扑面而来，然而不管怎样，只要记忆的河在流淌，我们就可以诗意地存在。

后记 ②

那本书已经完全霉掉了。

去年夏天,我有十多天时间,每天要去随园书坊。朱赢椿正在给我设计《半夏河》。

他打印了二十多张不同的封面,一张一张贴在工作室的墙上。

这是楼上的一小间房子。头顶上有个天窗,一棵巨大的枫杨,撑开枝叶,在天窗上形成一片浓荫。阳光穿过树叶,碎碎地打在这木板的墙上。

朱赢椿拿着一只小喷壶,朝每张封面上喷水。有的封面已经模糊了,有的上面缓缓地往下淌着水线。有的纸面上,凝着大大小小的水滴,像珍珠一般。他一张又一张地试着,有时候脸都要贴到纸上了,不知道他在寻找什么。整个下午他都在做这件事。

"你喝茶,你喝茶。"他有时候忽然像从梦中惊醒,又从墙边跑回来,倒一杯热茶给我。

天窗上再也没有阳光照进来了。朱赢椿终于坐了下来。

"你记得《匠人》的设计吧?"他说,"我用的是火。你看,封面已经烧黑了,整本书已经烧黑了。书是一块烧焦的木板,或者是一块被烧了很久的砖头。总之,被火烧过了。然后呢,我们又把它抢救了出来。所以,《匠人》就是一本从火里抢救出来的书。"

我点点头:"《匠人》《半夏河》《一个一个人》是三部曲。《匠人》这本书黑黑的,比较沉重。《一个一个人》旧旧的。

《半夏河》你打算做成什么样子？"

"水水的。"朱赢椿笑起来，"我想用水来做这本书。因为这本书没有《匠人》那样沉重，也不像《一个一个人》那样艰难。虽然看起来很伤感，可是不难过，还有些淡淡的美好。"

"这是一本被水打湿的书，或者说，是一本被雨淋湿了的书。书里写的是少年的故事。所以我想设计得干干净净，就像少年的时光。"

朱赢椿又给我倒了一杯茶："不急，这只是我的想法。要实现这个想法，还很难。不急。我们慢慢来。"

于是，第二天，第三天，我都来看他怎样用水设计一本书。

他把封面放到外面的水泥地上，在上面浇上一盆水，然后盯着看，再浇，再看。他把封面放到水池里，看它缓缓地沉入水底。他把封面扔在开着杂花的田地里，再在上面慢慢地滴水……我手里拿着一叠打印好的封面，他毁了一张，我就再递给他一张。

在随园书坊门外的院子里，有一口大缸，这是他养荷花的。正是荷花盛开的时候，可是缸里只有几片荷叶。他的院子被一圈花墙围着，院门是竹篱笆编的，只是虚掩着。常常有人过来，看到这院子雅致，就进来逛一逛。朱赢椿刚好在，就和陌生人闲聊上几句。如果进来的是孩子，他就更高兴。此时，就有几个孩子围在我们旁边，看着这个奇怪的大人，把一张纸放到荷花缸里，拿出来，再放。拿出来，再放。

孩子们七嘴八舌地问这问那。朱赢椿突然回过头来："你摘了我的荷花？""不是我。""不是我。"孩子们一哄而散。朱赢椿就哈哈大笑起来。

第二天是阴天，外面的蝉还是叫得很响，不过天气总算凉了一些。朱赢椿不再摆弄封面了。他说，我要几个字。就是"半夏河"这三个字，找人写一写。手写的字不一样，有人的温度，人的气息。

我们一起去找孙少斌先生。孙先生是有名的篆刻家、书法家，他的工作室在朝天宫。

孙先生已经年过七十，或许是因为每天刻印写字，显得精力极其充沛，端坐在案几旁边，如一尊伏虎罗汉。他刚刚把茶泡好，问的第一句话就是："哪几个字？"

朱赢椿把"半夏河"三个字写给他。孙先生点点头，走到案桌旁边，铺开纸，拿起笔，蘸了一笔浓墨，我和朱赢椿还没反应过来，他已经一挥而就。

我们拿着字，怔怔地发呆。因为孙先生给我们写的，是三个篆字。他的篆书是江南一绝，我们来请他写字，他自然而然认为我们想要的就是篆书。

"孙老师，我们想要行书。"

"噢！"孙先生大笑起来。

他重又铺了一张纸，写下"半夏河"三个字。然后把两张纸，铺在桌上，等它去干。

孙先生是个性急的人，正事做完了，才开怀畅谈。

于是我们坐下来喝茶。时光不早了，朱赢椿惦记着封面，起身告辞。孙先生把我们送到门外走廊。朱赢椿忽然回过头来，跟孙先生说："孙老师，能不能请你再写一张，我在水里泡一泡，找个感觉。只是有点太浪费。"

孙先生已经知道我们要做一本水之书，对于他的请求没有丝毫犹豫，转过身，拿笔又写了一张。

走出去很远了，朱赢椿捧着这最后一张字跟我说："其实，我要的是这一张。我故意跟他说要泡水，浪费掉，他就会很不在意地写。我要的，就是不在意。"

他要把这三个字，用在扉页上。

我马上要离开南京了，《半夏河》还没设计好。朱赢椿说，感觉已经有了，封面已经在心里了。

我们在随园书坊坐着。是个星期天，书坊里只有我们两个人，外面下着大雨。朱赢椿拿着《半夏河》的样书。书没有封面，封面还在他心里呢。他一边拿书在桌上轻轻敲着，一边说："内页，内页。"

天色越来越暗，雨终于小下来，断断续续打着屋顶，我们有一句没一句地扯着闲话，朱赢椿显得心不在焉。他突然站起身，打开门，走到院子里。

他扛了一把梯子，靠在外墙上，爬上了屋顶。他把《半夏河》的样书，放在了屋顶上。

回到屋里，所有的灯都已经打开。他从一个罐子里拿出一包茶叶。

"这是上好的茶，你喝一喝。到法国，你就喝不到了。"

"你把书放屋顶上做什么？"

"让雨淋。"他说，"大自然是最好的设计师。"

我从巴黎给他打电话："大自然设计得怎样了？"

"霉掉了。"他大笑着。

关于《半夏河》的真正设计，我几乎没有了解。我不知道我现在看到的这个样子，他是如何做出来的。我唯一知道的是，他真的用水，做成了一本书。看到这本书，我就能闻到故乡半夏河水的味道。我的手里，就有一种凉凉的感觉。我仿佛又看到了少年时的我，奔跑在泥泞的小路上，大雨一遍遍地打在我抱在怀里的书包上。我看到我正在灿烂的阳光底下，把一本一本的书，晾晒在家门口的篱笆墙上。

那个故乡，离我有一万里，离我有三十年。

申赋渔
2018年2月1日于巴黎

我将永远去寻找,那条清澈明亮,

流淌着我少年时光的,故乡的小河

图书在版编目（CIP）数据

半夏河／申赋渔著．—— 长沙：湖南人民出版社，2018.4
ISBN 978-7-5561-1939-4

Ⅰ．①半… Ⅱ．①申… Ⅲ．①散文集－中国－当代 Ⅳ．①I267

中国版本图书馆 CIP 数据核字 (2018) 第 045391 号

半　夏　河
BAN XIA HE
申赋渔 著

出 品 人	陈　垦
出 品 方	中南出版传媒集团股份有限公司
	上海浦睿文化传播有限公司
	上海市巨鹿路 417 号 705 室（200020）
责任编辑	彭富强
装帧设计	朱赢椿　杨杰芳
扉页题字	孙少斌
责任印制	王　磊
出版发行	湖南人民出版社
	长沙市营盘东路 3 号（410005）
网　　址	www.hnppp.com
经　　销	湖南省新华书店
印　　刷	恒美印务（广州）有限公司
版　　次	2018 年 4 月第 1 版
印　　次	2018 年 4 月第 1 次印刷
开　　本	880mm×1230mm　1/32
印　　张	7.25
字　　数	120 千字
书　　号	ISBN 978-7-5561-1939-4
定　　价	56.00 元

版权专有，未经本社许可，不得翻印。
如有倒装、破损、少页等印装质量问题，请与印刷厂联系调换。
联系电话：020-84981812

浦睿文化
INSIGHT MEDIA

出 品 人：陈 垦

策 划 人：蔡 蕾

监　　制：余 西

出版统筹：戴 涛

编　　辑：刘 佳

装帧设计：朱赢椿　杨杰芳

投稿邮箱：insightbook@126.com

新浪微博　@浦睿文化